KB141656

그래도 괜찮아 그땐 나도 그랬어

그래도 괜찮아 그땐 나도 그랬어

지은이 | 김주엽
펴낸이 | 一庚 張少任
펴낸곳 | 돌샘 답게
초판 인쇄 | 2023년 2월 10일
초판 발행 | 2023년 2월 15일
등 록 | 1990년 2월 28일, 제 21-140호
주 소 | 04975 서울특별시 광진구 천호대로 698 진달래빌딩 502호
전 화 | (편집) 02)469-0464, 02)462-0464
           (영업) 02)463-0464, 02)498-0464
팩 스 | 02)498-0463
홈페이지 | www.dapgae.co.kr
e-mail | dapgae@gmail.com, dapgae@korea.com
ISBN 978-89-7574-357-3
나답게·우리답게·책답게

청소년 바라기, 스쿨 폴리스 팀장의 고군분투기

그래도 괜찮아
그땐 나도 그랬어

저자 **김주엽**

위험에 빠진 10대의 골든타임을 지켜라!

도서
출판 **답게**

누구에게나 방황기는 있다

"작은 변화가 일어날 때 진정한 삶을 살게 된다.
그림자가 있는 곳에는 반드시 밝은 빛이 있다."

– 레프 톨스토이 –

범죄에 노출된 아이가 눈에 들어오다.

13년 전인 2009년, 순찰 중 방황하는 한 아이를 알게 됐다. 그 아이는 아버지와 단둘이 생활 중이었는데, 아버지는 생계를 위해 지방 출장을 다니는 일용직 노동자였다. 그로 인해 아이는 늘 혼자였다. 아버지로부터 받은 생활비를 유흥비로 탕진하고, 전기와 수도가 끊긴 방에서 비슷한 환경의 또래 아이들과 외로움과 추위를 견디며 함께 생활했다. 먹고 자기 위해 물건을 훔쳤고, 그 아이뿐만 아니라 함께 생활하는 아이들의 비행이 반복됐다.

당시에는 그 아이들을 법대로 처벌하는 것이 올바른 것이라고 믿었다. 그런데 그 아이들이 안고 있는 근본적인 문제가 해결되지 않는 한 범죄가 멈추지 않는다는 사실을 뒤늦게 깨달았다. 그때 처음으로 비행 청소년은 처벌보다, 아이들을 보듬어줄 수 있는 사랑이 필요하다고 느꼈다. 얼마 후, 경찰청에서 청소년 선도에 관심 있는 경찰관을 모집한다는 공고가 올라왔다. 경찰로 근무하는 동안 접해본 적 없는 새로운 모집공고였다. 이는 2011년, 대구에서 학교 폭력 피해 학생이 자살하는 사건을 계기로 경찰청에서 도입한 '스쿨 폴리스'라는 제도였다.

비록 짧은 기간이었지만 범죄에 노출된 아이들에 대한 경각심이 피부로 와 닿았던 나는 그렇게 최초의 스쿨 폴리스가 됐다. 그리고 힘들어하는 아이들을 가까이서 지켜보면서, 아이들에게 도움 되는 것이라면 무엇이든 해야 한다고 다짐했다.

위기에 빠진 아이들을 위해 발로 뛰다

무엇이라도 해야겠다는 의지는 나를 움직이게 했다. 마주한 위기 속에서 힘들어하는 아이들을 구해줄 전문가들을 직접 찾아 나섰고, 서로를 연결했다. 그것이 많은 사람이 말하는 '선도'

였다. 사실, 선도라고 하면 대개 거창하고 대단한 것이라고 받아들인다. 하지만 전문가가 아니라도 누구나 할 수 있는 일이 선도다. 왜냐하면 자기가 가진 재능을 나누는 것이므로. 그리고 나는 그런 재능을 나눠줄 이들을 찾기 위해 동분서주하며 발품을 팔았을 뿐이다.

어떻게든 아이들에게 실질적인 도움을 주고 싶었던 마음이 행동하게 만들었다고 믿는다. 그 마음이 점점 커지면서 아이들을 조금 더 깊이 이해하고 싶어 상담심리학 공부를 시작했고, 더욱 쉽게 풀어내 전달하고 싶어 강의 전문가를 찾아갔다. 아이들이 처한 상황이나 상처가 저마다 달라, 다양한 분야의 전문가 도움이 필요했던 터에 물불 가리지 않고 만나러 다녔다. 본디 칼을 빼면 무라도 자르려는 성향이라 돌이켜보니, 학사 학위와 전문 강사 수료증이 손에 들려 있는 성과를 얻었다.

그에 그치지 않고 내가 없어도 도움이 필요한 사람과 도움을 줄 수 있는 사람이 서로 소통할 수 있도록, SNS 밴드를 개설했다. 또 다른 곳으로 발령이 나더라도 관계가 꾸준히 이어졌으면 하는 바람으로 청소년 봉사단체를 설립했다. 앉으나 서나 오로지 위기에 빠진 아이들 생각뿐이었다.

우리 모두 방황한 청소년이었다

  사회적으로 방황하는 청소년에 대한 시선이 달갑지만은 않다. 하지만 누구나 한두 번쯤 일탈의 경험이 있을 것이다. 그것이 크게 드러나느냐, 드러나지 않느냐의 문제일 뿐. 나 역시 어릴 때부터 운동을 좋아해 고등학교에 진학하면서 체육대학 입시를 준비했다. 같은 체대 입시 준비생 중에는 공부가 싫어 수업을 빼먹고 일찍 집에 가려고 모인 아이들이 많았고, 그 아이들과 무리 지어 다니며 대학가를 기웃거리며 음주와 흡연, 폭력을 일삼았다. 더 나아가 1990년 10월, 노태우 정부가 '범죄와의 전쟁'을 선포하면서 번화가를 누비다가 이유 없이 파출소에 끌려가 조사를 받기도 했다.

  이처럼 누구나 청소년 시절에는 방황한다. 그 청소년기를 본인의 의지와 관계없이 어떻게 보내느냐에 따라 인생이 달라진다. 어려움을 겪는 아이들은 저마다 처한 상처나 상황이 다르다. 기존의 프로그램에 아이들을 일률적으로 끼워 맞추는 것으론 변화를 기대하기 어렵다. 아이들에게 필요한 도움이 무엇인지 찾고, 그 도움을 찾아서 서로 연결하는 노력이 필요하다. 이런 노력이 모이면 아이들의 미래를 변화시킬 수 있다. 어려움을 겪는 아이들을 우리는 뒷짐 지고 구경만 해서는 안 된다. 각자 할 수 있는 역할을 해야 한다. 아이들은 우리의 미래이기 때문이다.

범죄에 노출된 아이들을 만나면서 나의 과거 방황기가 떠올랐다. 그리고 그들에게 가장 필요한 것은 따뜻한 말 한마디임을 잘 알았던 덕분에, 스쿨 폴리스로 활동한 8년 동안 무엇이라도 하려고 덤볐던 것 같다. 물론 학교에 다녀본 적 없는 아이, 폭력을 피해 보육원을 탈출해 거리를 배회하다가 시작한 성매매, 낯선 남성과의 동거로 얻은 성병 등 난생처음 마주한 문제로 인해 숱한 날을 고민해야 했다. 그런데도 해결책을 찾아나가는 과정은 한 생명을 살린다는 책임감으로 뿌듯하게 했다.

10대 골든타임, 충분히 지킬 수 있다

이 책은 청소년 심리상담에 대한 이론, 법률에 관한 내용이 아니다. 범죄와 위기에 노출된 아이들의 거칠고, 고독한 삶에 직접 뛰어든 경찰관이 스쿨 폴리스가 지닌 한계를 뛰어넘기 위해 고군분투한 장면을 고스란히 담아낸 체험기다.

이로써 비슷한 어려움과 상처를 겪고 있는 청소년들에게는 극복할 수 있다는 희망을, 부모에게는 자녀 교육 방향을 선물하고자 했다. 더불어 교사와 경찰을 비롯한 청소년 선도 관련 종사자, 그 외 주변 어른들에게는 선도 방법과 각자의 역할을 제시하고 있다.

'아이 한 명을 키우려면 온 마을이 필요하다.'라는 아프리카 속담처럼, 부디 이 책을 통해 이웃의 관심으로 위험에 빠진 10대의 골든타임을 지켜낼 수 있길 간절히 소망한다.

이 책의 초고를 다듬어 주신 윤수빈님께 감사드립니다.

| 차례 |

4장 너희는 소중한 존재야

5장 너희는 혼자가 아니야!

1장
괜찮아, 나도 그랬어

1. 새벽형 청소년들의 어긋난 선택

새벽 3시에 만난 아이들

야간근무를 하다 보면 늦은 시간 배회하는 청소년들을 쉽게 볼 수 있다. 내가 만난 동구(가명)도 그랬다. 우리의 첫 만남은 11년 전, 새벽 3시 번화가 한 건물 모퉁이에서였다. 동구는 매일 같은 시간, 같은 장소를 또래 친구들과 어울려 다녔다. 누구 한 명이라도 걸리면 당장 싸움이라도 시작할 듯한 기세로. 그 아이들의 가장 큰 특징은 항상 침을 뱉는 것이었다. 마치 그것이 멋스러워 보이는 동시에 상대방 기선 제압하는 데 탁월한 행동이라고 생각하는 것 같았다. 게다가 오토바이 뒤에 타고 그들의 자신감을 한껏 높여주는 여자아이도 몇몇 있었다. 심상치 않은 분위기에 그 아이들을 검문하고 기록으로 남겼다. 그렇게 방황하는 아이들과 범죄는 떼려야 뗄 수 없는 사이라 예방 차원에서 한, 내게는 필사적인 임무였다.

그런데 놀랍게도 동구라는 아이는 본인 이름과 연락처, 집 주소 등을 순순히 알려주었다. 다음은 동구와의 첫 만남에서 이뤄진 대화 일부다.

나 : 느그들, 이 시간에 여기서 뭐 하노?
동구 : 그냥 있는데요.
나 : 이름이 뭐고?
동구 : 동구요.
나 : 어데 사노? 나이랑 전화번호, 주소 불러 봐.
동구 : 16살이고요, 010 …….

대부분 동구 또래 아이들은 나 같은 어른이 가르치려 들거나, 야단치듯 다가가면 경계하고 거부감을 느껴 입을 닫기 마련이다. 사실 입을 닫으면 전문가라 해도 답이 없다. 더 큰 문제는 늦은 시간에 돌아다니는 아이 중 상당수가 부모와 연락이 닿지 않는다는 점이다. 이 사실을 알게 된 후부터 나는 최대한 그들에게 눈높이를 맞춘 말투와 행동으로 최대한 건들거리며 다가간다. 수년 동안 경찰 생활을 하며 터득한 나만의 노하우다.

틀린 적 없는 나쁜 예감

　동구와 만나고 며칠 지나지 않아 주간 근무 중에 동구가 불러준 주소지로 순찰 방문했다. 아이들이 무엇을 하는지 궁금했고, 혹시나 범죄를 저지르지는 않을지 염려스러웠기 때문이다. 불행인지 다행인지, 대문과 현관문이 열려 있어 바로 집 안으로 들어갈 수 있었는데 마주한 광경은 처참했다. 전기와 수도는 오래전에 끊어진 듯했고, 여기저기서 냄새가 날 만큼 지저분했다. 거실과 안방에도 쓰레기가 가득했다. 방 하나가 문이 닫혀 있어 조심스레 열었더니 또래 남녀 아이 5~6명이 뒤엉켜 자고 있었다. 머리맡에는 밤새 피운 담배꽁초와 먹다 남은 술병이 굴러다녔다. 그때 눈에 띄는 게 있었다. 절단기였다. 누가 봐도 의심을 살만한 물건이었다. 나는 아이들을 깨웠다.

　　나 : 동구야, 일어나 봐. 이 절단기 뭐고?
　　동구 : 어? 진짜 왔네.
　　나 : 이 절단기 뭐냐고?
　　동구 : 아, 그거요. 어제 고깃집 터는 데 썼어요.

　지구대에 연락해보니 정말 어젯밤 고깃집 절도사건 발생 보고가 접수되어 있었다. 그 즉시 아이들을 절도사건 용의자로 입

건해 지구대로 데리고 갔다. 범죄와 관련한 조사를 진행하고, 아이들 모두 보호자에게 인계했다. 그 후 아이들은 소년 법정에서 재판받게 됐다. 우리나라에서는 '촉법소년'이라고 해 만 14세가 넘지 않으면, 보호 처분만이 가능하다. 이에 동구는 보호 처분으로 판결이 났다.

동구와의 안타까운 이별

경찰청 조사(2018~2020년) 결과에 따르면 범죄소년 검거 인원이 6만 4,595명으로 집계됐다. 재범률은 평균 33%로 나타났다. 또 소년범 3명 중 1명은 네 번 이상 범죄를 저지른다고 보고됐다. 동구의 사례가 그랬다. 고깃집 절도사건 이후에도 동구와는 전화로 안부를 묻기도 하고, 가정 방문을 하기도 했다. 꽤 가까워졌다고 생각했고, 범죄를 저지르지 않으리라 믿었는데 다시 절도를 저지른 정황이 보였다. 다름 아니라 과일가게 절도사건이 접수된 무렵, 동구의 집에 먹다 남은 과일이 나뒹굴고 있었다. 세 차례의 신고가 들어왔는데 모두 동구가 저지른 것이었다. 그 사실을 어김없이 나에게 걸렸다. 그때마다 지구대에서 조사했고, 특별한 예방조치 없이 검거만 했다. 당시에는 그것이 최선인 줄 알았다.

그로부터 몇 달이 지난 후, 길에서 동구를 만났다. 보호 처분으로 보호 관찰 중이라고 했다. 보호 관찰은 교도소를 비롯한 기타 시설에 수용하지 않고, 일상생활을 하며 선도로 개선하게 하는 제도다. 이 기간에 대상자가 지켜야 할 사항은 ① 주거지에 상주하고, 생업에 종사할 것 ② 악습을 버리고 선행하며, 범죄성이 있는 자들과 교제·회합하지 않을 것 ③ 보호관찰관 및 보호위원의 지도·방문에 응할 것 ④ 주거를 이전하거나 1개월 이상의 국내·외 여행을 할 때는 보호관찰관에 신고할 것 등이다. 만일 이 사항을 위반하면, 다시 재판받아 소년원에 보내질 가능성이 있어, 많은 아이가 겁을 먹는다.

왠지 그날 나를 경계하는 듯한 동구 모습에 마음이 쓰여, 동구가 알려준 고모 집으로 방문했다. 아니나 다를까, 동구는 그곳에 없었다. 다시 거리로 나간 듯했다. 어릴 적 부모님 이혼으로 아버지와 단둘이 살게 된 아이, 그마저도 생계를 위해 지방으로 돌아다니는 아버지로 인해 혼자가 된 아이, 아버지가 보내준 생활비는 유흥비로 탕진하고 전기와 수도가 끊긴 집에서 홀로 배고픔과 외로움을 견뎌야 했던 아이. 알아 가면 알아 갈수록 안쓰러움만 남는 동구였다. 그랬던 동구를 두 번 다시 볼 수 없게 되면서, 처음으로 아이들은 처벌보다 선도가 필요함을 절실히 느꼈다.

2. 교육청에서 근무하는 경찰

학교를 관리하는 경찰관

동구와 이별한 후, 얼마 지나지 않아 학교 전담 경찰관 모집공고를 보게 된다. 경찰 생활 14년 만에 처음 접하는 공고문이었다. 이는 2011년, 대구의 한 중학생이 또래 친구의 지속적인 괴롭힘과 폭력으로 고통스러워하다가 이를 견디지 못해 투신자살하는 사건이 계기가 되어 마련된 예방책이었다. 사회적 공분을 크게 일으킨 이 사건은 학교 폭력이 더는 학교만의 문제가 아닌 심각한 사회문제로 인식하게 했고, 급기야 국무총리까지 나서서 대국민 담화문을 통해 학교 폭력 근절 종합대책을 발표하기에 이르렀다. 『대국민 담화문』 일부를 옮겨와 본다.

꽃과도 같은 어린 학생들이 선택한 죽음이 지금도 제 가슴을 무겁게 짓누르고 있습니다. 아이들이 세상의 끝자락에서 홀로 느꼈을 암흑 같은 절망을 떠올려봅니다. 이와 같은 사태를 미리 막지 못한 데 대해 남은 가족들에게 마음 깊이 사과와 위로의 말씀을 드립니다. 교사와 학교, 학부모와 정부, 그리고 사회구성원 모두가 학교 폭력 근절을 위해 나부터 당장 할 수 있는 일을 찾아야 합니다.

무엇이 내 마음을 움직였는지 모르겠지만, 나는 곧장 학교 전담 경찰관에 지원했다. 그렇게 나는 전국에서 5번째, 울산에서 최초로 학교 전담 경찰관이 됐다.

교육청으로 파견된 경찰관

모집공고를 통해 학교 전담 경찰관으로 선발된 경찰관들은 경찰청에 마련된 임시사무실에 모였다. 그곳에서 한 달간 준비 과정을 거친 후, 교육청으로 파견됐다. 지역마다 사정이 조금씩 달랐지만, 초창기 학교 전담 경찰관은 대부분 교육청 또는 하부 조직인 교육지원청 단위에서 상주하며 근무했다. 내가 활동한 지역에서는 교육청에서 사무실과 집기류, 활동비를 제공했으며, 경찰청과 학교 폭력 예방 및 선도 업무를 제공하는 기관 간의 업무 협약으로 활동했다.

교육기관인 교육청과 사법 기관인 경찰청. 엄연히 다른 기관이고, 역할 또한 다르다. 그런데도 학교 전담 경찰관을 교육청으로 파견했으니, 전례 없는 파격적인 상황이었다. 덕분에 출근과 동시에 교육청에 근무하는 직원들의 관심 대상이 됐다. 더욱이 배정받은 사무실이 1층 중앙현관 옆이라, 직원들의 대화가 모두 들렸다. 내용은 대충 이랬다.

직원 A : 경찰이 교육청에 왔다고?

직원 B : 1층 사무실에서 근무한다 카데.

직원 A : 경찰 제복 입고 근무하나? 우리도 지켜주는 건가?

직원 B : 글쎄, 어제 집에 도둑 들었는데 신고해볼까?

직원 A : 나는 요즘 층간소음 때문에 스트레스받는데, 상담받으러 가볼까?

근무 첫날, 교육감이 더부살이가 아닌 앞으로 함께할 식구라고 소개했지만 수많은 직원의 호기심 또는 의문의 시선이 느껴져 부담스러웠다. 그 시선은 식사할 때나, 회의할 때나, 화장실을 갈 때나 때와 장소를 가리지 않고 따라다녔다. 자연스레 함께 파견된 4명의 학교 전담 경찰관은 '교육청에서 우리 역할은 무엇일까?', '우리가 해야 할 일은 무엇인가?'에 대한 고민을 떨쳐낼 수 없었다.

학교 속으로 들어간 경찰관

그렇게 새로운 길이 시작됐다. 우리는 상근 변호사 그리고 담당 장학사를 동료 삼아 학교 현장을 누볐다. 모든 것이 신선했다. 동분서주 움직이느라 거칠게 나던 숨소리도, 밤새 울리던 무전기 소리, 허리를 짓누르는 무거운 권총도 없었다. 내 눈 앞에 펼쳐진 세상은 평화로운 학교 운동장과 종소리, 아이들이 뛰어노는 소리가 전부였다. 그동안 바삐 사느라 가지지 못했던 여유를 찾은 듯해 마음이 치유되는 듯했다.

그뿐 아니었다. 하루에도 몇 번씩 방송에 출연하는 일이 생겼다. 언론에서 새로 도입한 제도를 가만히 둘 리가 없었다. 어찌나 많이 촬영했는지, 카메라를 봐도 아무렇지 않았고, "김 기자, 오늘은 카메라가 한 대네? 아침 뉴스야? 저녁 뉴스야?" 하며 농담을 주고받는 경지에 다다랐다. 난생처음 받는 관심이 부담스러웠지만, 새로운 시스템을 알려야 했기에 피할 수 없는 노릇이었다.

사실 아무도 가보지 않은 길이라 매뉴얼도, 물어볼 곳도 없었다. 무에서 유를 창조한다는 표현이 어울릴 정도로 모든 것을 하나하나 만들어가야 했다. 이에 가장 먼저 한 일이 폭력이 발생한 현장을 방문해, 강화된 일명 「학폭법」이라 일컫는 「학교폭력 예방 및 대책에 관한 법률」을 안내하는 것이었다. 또 이것이 학교 현장에 적절히 적용되고 있는지 점검했다. 이것만으로도 하루 일정이 빠듯했다. 더불어 학생과 학부모를 대상으로 학폭법에 따라 사소한 장난도 폭력이 될 수 있다는 심각성을 알리는 강의를 진행했다. 교사들에게는 사건이 발생하면 사안 조사부터 조치까지 법률적 자문을 구했다. 파견된 경찰관은 총 4명, 학교는 232개. 밤낮을 가리지 않고 걸려 오는 문의 전화로 밤잠을 설치게 했다. 그런 가운데 학교 현장에서 학교 전담 경찰관에 거는 기대와 우려의 눈빛은 양날의 칼처럼 다가왔다.

3. 난장판이 된 학교 경찰의 강의

아! 두려운 당신, 강의

학교 전담 경찰관이 되면서 새롭게 주어진 업무가 있었다. 바로 강의였다. 그런데 그동안 사건 현장을 돌아다니기만 했지, 단한 번도 다른 사람들 앞에서 강의해본 경험이 없었다. 또 내가알고 있는 강의라고는 「세상을 바꾸는 시간, 15분」이 전부였다. 당연히 부담스러울 수밖에 없었다.

첫 강의가 지금도 생생하게 기억난다. 겨울방학이 끝나고 새학기를 준비하는 학생들을 위해 학교 폭력 예방 관련 강의 요청이 들어왔다. 제복 입은 경찰관이 학교 폭력에 대한 심각성과 예방에 대해 강의를 해주면 효과적일 것 같다는 것이 이유였다. 그런데 수업 시간에 발표하는 순간에도 심장 소리가 귀에 들리고, 준비했던 말도 새까맣게 잊을 만큼 내게는 심각한 무대 울렁증이 있었다. 겁 없이 캄캄한 밤에 순찰도 하고, 도둑도 잡는 김 형사였거늘 '강의'라는 단어 앞에서는 속절없이 무너지는 듯했다.

그래도 내게 주어진 임무이니 강의를 위한 자료를 만들었다. 행정적인 업무를 해보지 않았던 터에 프레젠테이션 만들기부터 쉽지 않았다. 여기저기 묻기도 하고, 혼나기도 하면서 한 달 동안 최선을 다해 자료를 준비했다. 말주변이 부족한 관계로 강의 자료가 어마어마했다. 그사이 강의 날짜가 코앞으로 다가왔다. 사무실에서 나누는 대화가 극도로 줄어들었다. 반대로 긴장감은 점점 고조됐다. 아무도 없는 빈 강당에서 연습도 하고, 거울을 보면서 또는 녹음하면서 내가 하는 강의를 모니터링했다.

강의 1번 주자는 박 경사였다. 현장 분위기가 궁금했던 동료들은 오랫동안 그를 붙들고 이것저것 물었다. 그리고 "어땠노? 안 떨리더나?"라는 질문에 "행님, 거의 책만 읽다 내려왔습니더. 약장수랑 다를 게 없어예."라는 대답을 듣고 심장이 더 조여 오는 것을 느꼈다.

시스템 오류, 손에 땀을 쥐게 한 강의

이런 내 마음을 아는지 모르는지 내가 강의를 하러 간 날, 담당 교사는 중앙현관에서부터 나를 반갑게 맞아주었다. 그리고 교장실로 안내된 나는 학교 소개를 들으며 가벼운 티타임을 가졌다. 그것이 긴장 해소에 도움 되기는 했지만, 머릿속에는 강의에 관한 생각이 가득해 대화를 마친 후에는 내가 무슨 말을 했는지조차 기억나지 않았다.

드디어 피할 수 없는 그 시간이 왔다. 강당은 이미 전교생으로 가득 차 있었다. 무대 위쪽으로 한 발 한 발 내디딜 때마다, 마치 과거의 사형수가 단두대에 오르는 것 같았다. 더 부담스러웠던 것은 학생들 눈에는 제복 입은 내 모습이 멋있어 보였는지 환호성을 질렀다. 무언가 크게 기대하는 듯했다. 또 몇백 개의 눈이 집중되어 식은땀이 나기 시작했지만, 애써 태연한 척했다. 그리고 강의 자료가 담긴 USB를 학교 측에 넘겨주고, 마이크를 잡았다.

"여러분, 반갑습니다. 오늘 강의를 맡은 학교 전담 경찰, 김주엽입니다."라고 소개하고, 동료들과 야심 차게 준비한 동영상이 나오기를 기다렸다. 스쿨 폴리스를 홍보하는 영상이었는데, 그날 강의의 아주 중요한 순서였다. 왜냐하면 그 동영상을 시청해야 준비한 멘트로 이어갈 수 있었다. 더욱이 나는 강의 초보에, 무대 울렁증까지 있지 않은가. 예상하지 못한 상황에 머릿속이 하얘졌다. 순식간에 강당이 웅성거리는 소리로 소란스러워졌다. 나는 아무 말을 하지 못했고, 시간만 자꾸 흘렀다.

도망치듯 마무리한 강의에서 배운 교훈

어떻게든 그 상황을 넘겨야 했기에 "시스템에 오류가 생겼네요. 여러분, 오늘 날씨 참 좋죠?"라고 했다. "아니요, 추운데요."라는 학생들의 대답을 듣고, 괜한 질문을 했다 싶었다. 그때, 늘 챙겨 다니는 홍보 물품 경찰 플래시가 떠올랐다. 그것을 꺼내 들어 "여러분에게 주려고 선물을 준비했어요. 경찰관이 현장에서 사용하는 플래시랍니다. 지금부터 제가 하는 질문을 잘 듣고 답해주세요."라며 지난 겨울방학 때 가장 멀리 다녀온 학생, 선행을 베푼 학생에게 플래시를 나눠주고 강의를 마무리했다.

학생들의 반응은 좋았지만, 화끈거리는 얼굴은 견딜 수 없었다. 무대를 내려와 인사도 제대로 하지 못하고 황급히 그 자리를 떴다. 아니, 도망쳤다. 그 학교에 두 번 다시 가고 싶지 않을 만큼 창피했다. 그날의 충격으로 한동안 강의 트라우마가 생겼지만, 그 후로 강의할 때마다 노트북을 챙기고, 강의 30분 전에 도착해 시스템 작동 여부를 확인하는 습관이 생겼다. 학생들이 열광하는 선물과 함께. 그래도 여전히 강의는 어렵다.

4. 강의, 사람의 마음을 움직이는 무기

강의 스킬에 대한 목마름

해가 거듭될수록 학교 전담 경찰관, 즉 스쿨 폴리스에 대한 기대가 높아졌다. 매년 학기 초마다 교육부에서는 학교 폭력 실태 조사를 시행하는데, 이는 학교에서 발생하는 폭력 유형과 모습 등을 파악하기 위함이다. 이 조사 결과 피해 경험률, 체감안전도 등 여러 지표상 스쿨 폴리스 제도가 학교 폭력 예방에 효과가 있다고 드러난 것이다. 이로써 스쿨 폴리스가 확대 개편됐다. 늘어난 인원만큼 요구되는 역량도 늘어났다. 그중 강의도 포함됐다. 나를 비롯한 스쿨 폴리스들이 두려워하는 그것.

이로써 강의에 대한 고민을 떨쳐낼 수 없었다. 어떻게 하면 학생들에게 학교 폭력에 대한 심각성과 예방법을 잘 전달할 수 있을지 생각하고 또 생각했다. 식사하다가도, 길을 걷다가도, 화장실에서 용무를 해결하면서도 강의 생각으로 가득했다. 그로 인해 한참 동안 멍하게 있는 일이 자주 있었다. 명강사 강의를 찾아보기도 하고, 전문 학원을 찾아보기도 했지만, 강의료는 터무니없이 높았고, 부족한 시간을 할애하는 것도 어려웠다.

강의에 대한 고민이 계속되는 어느 날, 민간단체에서 마련한 식사 자리에 초대받아 참석하게 됐다. 내 옆자리에 우아하게 차려입은 여성분이 앉았는데, 명함을 건네받고 기쁨을 감추지 못했다. 송인옥이라는 이름 석 자 아래 서비스 강사를 양성하는 MCS 교육센터 대표라고 적혀 있었다. 속으로 쾌재를 부르며 센터에 방문해도 되겠느냐고 물었다. 그녀는 흔쾌히 수락했고, 며칠 후 나는 약속대로 센터를 찾았다. 사무실 입구부터 유명 인사와 함께 찍은 사진과 TV 출연 사진 등이 내 시선을 사로잡았다. 유능한 강사임이 느껴졌다. 곧장 상담을 시작했다.

> 나 : 아이들과 학부모를 대상으로 학교 폭력 예방 관련 강의를 하고 있어요. 그런데 강의 경험이 워낙 없다 보니 고민이 많습니다. 어떻게 하면 강의를 잘할 수 있을까요?
>
> 센터장 : 아무나 강의 잘하면 나 같은 사람이 먹고살겠어요? 그래도 좋은 일 하는 분들이니 제가 재능 기부할게요.

환한 미소로 재능 기부하겠다는 말에 그녀가 날개 없는 천사로 보였다. 또 늘 자신감 넘치는 목소리와 말로 표현할 수 없는 아우라에 닮고 싶다는 마음까지 들었다.

전문 강사에 한걸음 가까이

송 대표의 후한 인심으로 나는 각 경찰서 스쿨 폴리스 중 교육을 희망하는 사람들을 모집했다. 그리고 강의가 없는 방학 기간을 이용해 교육을 진행하는 계획을 추진했다. 강의 스킬뿐만 아니라 강의 준비에 빠트릴 수 없는 프레젠테이션 만드는 방법까지 배울 수 있는 아주 알찬 수업이었다.

가장 좋았던 것은 그동안 무의식적으로 했던 듣기 싫은 말투, 청중을 불안하게 하는 손동작 등을 고치면서, 이전보다는 확연하게 달라진 모습으로 전문 강사다운 자세를 갖추게 된 점이다. 이로써 이 시기 교육은 스쿨 폴리스를 성공적으로 정착하게 하고, 현재까지 흔들림 없이 존재하게 한 일 등 공신이 됐다. 함께 교육받은 박 경위는 그해 경찰청이 주관하는 강의경진대회에 출전해 대상의 영예를 안기도 했다. 고마운 마음을 담아 감사패를 전달했지만, 송 대표는 그 무엇으로도 대신할 수 없는 스쿨 폴리스의 은인이었다.

강의라는 무기를 장착한 경찰들

교육받은 후, 강의에 대한 두려움이 점점 줄어들었다. 자신감이 생기고 재미있어지기 시작했다. 강의 대상은 처음에는 초·중·고등학생이었지만 학부모, 교사, 청소년 관련 단체를 비롯한 공공기관까지 확대됐다. 강의 내용도 학교 폭력, 성폭력, 아동학대 등으로 다양해졌다. 입소문을 타면서 가해 학생 학부모 특별교육, 각종 민간단체, 교육청 등의 연수 특강도 진행하며 전문 강사로 활동하게 됐다.

강의 활동을 통해 다양한 사람을 만나면서 강의는 사람의 마음을 움직이는 무기라는 사실을 알게 됐다. 한 번은 지역 학원연합회 연수에 초대되어 회원 3,000명을 대상으로 강의를 진행했는데, 강의를 마친 후 기립 박수를 받았다. 그때 만족스러운 강의는 자존감을 끌어올려 준다는 것을 깨달았다. "준비된 강사는 결코 떨지 않는다."라는 말을 실감하며, 강단에 서는 여유도 만끽했다. 이전에 했던 나의 강의 준비는 제대로 된 준비가 아니었음을 그제야 실감했다.

여전히 힘든 강의가 있다. 초등학생 저학년 대상 강의다. 그들의 집중력은 5분을 채 넘기지 않는다. 엉뚱한 질문으로 강의 흐름을 끊기 일쑤고, 강의 내용보다 준비해간 선물에 더 큰 관심을 가진다. 강의가 끝나면 목이 쉴 만큼 목소리도 키워야 한다. 그런데도 초등학생 저학년 대상 강의 의뢰가 들어오면 주저하지 않고 받아들인다.

내가 강의를 멈추지 않는 가장 큰 이유는, 세상을 바꾸는 힘은 새로운 일에 도전하는 용기와 어려움을 헤쳐나가는 지혜에서 비롯된다는 아주 큰 진리를 터득한 덕분이다. 내게는 그 대상이 강의였다.

5. 말로만 듣던 일진 짱과의 만남

이론과 다른 현장 상담

스쿨 폴리스 활동을 하다 보니 또 하나의 관심 분야가 생겼다. 다름 아닌 '상담'이다. 우연히 보게 된 TV 프로그램 「우리 아이가 달라졌어요」가 계기가 됐다. 당시 오은영 박사를 만나는 아이마다 놀라울 정도로 변화하는 모습을 보여줬는데, 모든 것이 상담의 힘에서 비롯된 것 같았다. 그 마법과도 같은 상담 스킬을 배우고 싶었다.

그런데 현장에서는 상담할 수가 없었다. 다름 아니라 아이들을 만나는 것 자체가 제한적이었기 때문이다. 아이들을 만나야 이야기를 하든, 상담을 하든 할 텐데 매번 약속 시간을 지키지 않았다. 그러면서 배가 고프거나 돈이 필요해지면 상담을 이용했다. 처음에는 그런 만남이라도 만족했다. 문제는 어렵게 신뢰 관계를 맺고, 긍정적인 변화를 느낄 즈음 처음 만난 모습으로 돌아간다는 사실이었다. 저마다 가지고 있는 가정에서의 문제와 상처가 근본적으로 해결되지 않음에서 오는 당연한 결과였다. 다시 말해, 아이들만 상담해서는 해결될 사안이 아니었다.

이런 답답함을 안던 중, 상담 전문가인 서복례씨를 알게 됐다. 당시 그는 상담 경험을 바탕으로 청소년 문제를 해결하기 위한 협회를 설립할 계획을 하고 있었다. 그리고 나에게 함께하자는 제안을 하며, 상담이 필요한 아이들을 소개해달라고 했다. 솔직히 상대하기 어려운 아이들을 상담료도 받지 않고 진행한다는 말에 고맙기는 했지만, 얼마나 효과가 있을까 싶어 큰 기대를 하지 않았다. 그런데도 나는 아이들을 위해서 뭐라도 해야 했다.

일진 of 일진과의 상담

내가 제일 먼저 연결해준 아이는 도움이 절실한 경식이라는 아이였다. 경식이는 일진의 리더였고, 유료상담은 생각도 못 할만큼 가정 형편이 좋지 않았다. 그렇게 서 회장과의 상담이 시작됐다. 늘 그랬듯, 서 회장은 경식이와 처음 만나기로 한 날 미리 와서 기다렸다. 아이가 먹을 간식까지 준비해서.

서 회장은 경식이가 어떤 환경에 지내는지, 현재 어떤 마음인지 알기 위해 이런저런 질문을 했다.

서 회장 : 네가 경식이구나. 만나서 반가워. 어제는 별일 없었니?

경식 : 아니요. 아빠가 집 문을 잠갔어요.

서 회장 : 아버지가 문을 잠갔다고?

경식 : 네, 제가 늦을 때마다 그래요.

서 회장 : 그래서 어떻게 했니?

경식 : 엄마가 아빠 몰래 열어둔 창문으로 들어가서 잤어요.

서 회장 : 부모님이 문을 안 열어줬어?

경식 : 네, 늦게 들어가면 아빠가 문을 잠그거든요.

그 외에도 더 많은 이야기가 오갔지만, 그날이 핵심 내용은 경식이가 늦을 때마다 부모님이 문을 열어주지 않는다는 사실이었다. 다시 한번, 경식이 가정이 풀어야 할 숙제에 대해 고민하는 시간이었다. 그런데 서 회장과의 첫 상담이 끝나고 경식이는 다음 약속 시간을 정하고 한껏 밝아진 얼굴로 돌아가는 게 아닌가! 게다가 서 회장도 내게 "경위님, 더 만나봐야 알겠지만 어쩐지 긍정적인 기운이 느껴져요. 좋은 일이 생길 것 같습니다."라고 했다. 나는 도무지 무슨 영문인지 몰랐지만, 지켜보기로 했다.

하고 싶은 이야기가 많은 아이

서 회장과 경식이의 두 번째 만남. 놀랍게도 경식이는 약속 시간보다 일찍 상담 장소에 도착했다. 극히 드문 일이라 나와 서 회장은 경식이를 보며 미소를 감출 수 없었다. 또 무언가 작정한 듯, 할 말이 많아 보여 경식이 입이 열리기만을 기다렸다.

"선생님, 저는 주로 공부를 거실에서 하고요. 잠은 안방에서 엄마, 아빠, 저, 동생 4명이 함께 자요. 그리고 다른 친구들은 용돈도 받는다는데, 저는 용돈이 없어요. 용돈 받는 방법이 없을까요? 얼른 돈 모아서 큰 집도 사고 싶고, 내 방이 있으면 좋겠어요. 우선 지금은 방이 딱 하나만 더 있으면 너무 좋을 것 같아요."

그날 경식이가 하고 싶었던 말이었다. 듣는 내내 마음이 아팠지만, 경식이 표정은 밝기만 했다.

자기 방이 없는 것은 경식이만의 문제가 아니다. 초록우산 어린이재단의 한 지역 아동 옹호센터에서 발행한 2020년 아동 가구 실태조사보고서 내 주택 및 주거 환경 분석 결과에 의하면, 주거 빈곤 가구 아동의 96%가 개인 방이 없이 다른 가족과 함께 사용하는 것으로 나타났다.

상담이 끝나고 서 회장은 나에게 부탁했다. "경위님, 경식이 부모님을 만날 수 있을까요? 그래야 경식이 상담에 도움이 될 것 같아요."라고. 나는 노력해보겠노라고 하고 다음 상담을 기약했다.

6. 희망 앞에서 멈춰버린 도돌이표

경식이 엄마와의 만남

경식이 상담도 쉽게 이어진 것은 아니었다. 그런데도 나는 서 회장에게 경식이 부모님을 만나게 해드리겠다고 큰소리쳤다. 아니나 다를까. 경식이 어머니는 두 차례나 약속을 어겼다. 어린 경식이 동생 핑계를 대기도 하고, 아프다고도 하면서 상담소에 나오지 않았다. 무료 상담이라 중간에서 난처하지 않을 수 없었다. 나는 내가 한 말에 책임을 져야 했기에 다시 연락했다. 약속 세 번 만에 서 회장과 경식이 어머니와 만남이 성사됐다.

경식이 어머니는 경식이의 동생들을 양손에 잡고, 막내는 등에 업고 나타났다. 한눈에 봐도 무기력해 보였다. 그리고 "사실 동생이 4명이나 있어서 신경을 많이 못 써줬어요. 또 애들 아빠는 작은 화물차를 운전하는데 월급도 적어 생활이 어렵습니다."

라는 말이 나와, 서 회장을 고민에 빠지게 했다. 경식이가 방을 갖고 싶어 한다는 이야기는 입 밖에도 꺼내지 못한 채.

그러던 어느 날, 언젠가 아이들에게 식사를 제공한 학교 폭력 위로 상담가협회 김덕제 홍보국장과 한자리에 모이게 됐다. 우리는 경식이 상황에 대한 고민을 나누었다.

> 서 회장 : 경식이가 한창 사춘기를 겪을 나이인데, 부모님과 어린 동생들이 함께 한방을 쓰는 게 마음에 걸리네요. 엄격한 아버지도 그렇고요.
> 나 : 그래서 경식이가 자꾸만 바깥으로만 돈 것 같아요. 또래 아이들보다 성숙해서 분명 자기만의 공간이 필요할 텐데 말이에요.

우리 이야기를 가만히 듣고 있던 김 국장은 좋은 아이디어라도 생각난 듯 "그럼, 우리가 경식이의 방을 만들어줄까요?"라고 했다. 나와 서 회장은 김 국장의 얼굴을 빤히 쳐다보았다.

소원 성취한 경식이

김 국장은 인테리어 업체를 운영 중이었다. 경식이 집에 창고로 쓰이는 공간에 문을 제작해 방을 만들어주기로 했다. 서 회장은 경식이 방을 꾸며주기 위해 벽지와 중고 TV를 마련해왔다. 그렇게 15년 만에 경식이는 자기 방이 생겼다.

자기만의 공간이 생긴 경식이의 변화는 놀라웠다. 귀가 시간이 빨라졌고, 집에 머무르는 시간도 길어졌다. 무뚝뚝하기만 했던 경식이 어머니도 고맙다는 인사를 여러 번 했다. 나를 비롯한 경식이 방 만들기에 동참한 모두가 보람을 느끼고 뿌듯했음은 두말할 필요가 없었다. 그리고 다 같이 이를 계기 삼아 경식이가 변화해주길 바랐다.

상담 중단의 충격

모든 것이 순조로운 듯했다. 하지만 또다시 난관에 부딪혔다. 경식이가 상담소에 오지 않기 시작한 것이다. 그러던 어느 날, "오늘은 오겠지요. 제가 전화 한 번 해볼게요." …… "경식이도, 어머니도 전화를 안 받네요. 오늘도 그냥 가야 할 것 같습니다."

내가 여러 차례 전화했지만, 연락이 닿지 않았고, 결국 경식이도 나타나지 않았다.

그런데 그날 밤, 사건이 터졌다. 늦은 밤, 경식이에게서 전화가 걸려 왔다. 다급한 목소리였다. "선생님, 아빠가 또 때려요. 저는 집 나왔고요." 하는 게 아닌가. 그날뿐만 아니었다. 경식이 아버지의 통제와 폭행은 계속됐다. 우리의 설득에도 경식이는 상담을 이어가는 것을 거부했다. 아버지를 만나보려 했지만, 끝내 만나지 못했다. 어머니 역시, 전화를 받지 않고 침묵으로 일관했다. 더는 할 수 있는 것이 없었다.

그동안의 노력이 수포로 돌아갔다. 본디 성격이 급한 나는 조바심이 났다. 아무것도 예상할 수 없는 일을 계속해야 할지 회의감이 가득했다. 경식이뿐만 아니라 대부분의 아이가 잠깐 희망을 보이다가도 제자리로 돌아가곤 한다. 그 과정을 통해 성장하는 모습을 보여줬다. 그러므로 그 어떤 상황에도 연연하지 않는 태연함이 필요했다. 할 만큼 했다는 생각이 들었을 때, 나는 서 회장에게 "회장님, 그동안 고생 많으셨습니다. 이제 그만하시죠."라고 했다. 수년의 상담 경력을 가진 서 회장도 적잖이 당황한 듯했다. 그래도 그는 "아이들은 절대 포기하면 안 돼요. 아마, 약속을 지키지 못할 특별한 이유가 있을 겁니다. 다시 웃으며 나타날 거예요."라고 했다. 이때 아이만 상담해서는 근본적인 문제가 해결되지 않음을 절실히 깨달았다.

　정신적·육체적 장애를 갖고 태어나는 아이는 있지만, 비행, 일탈, 범죄를 저지르는 아이로 태어나는 아이는 없다. 대개 환경적인 요인에 의해 그러한 성향을 보이게 된다. 수많은 정신과 의사 또는 상담 전문가는 이야기한다. 아이보다 부모를 바꾸는 것이 어렵지만, 아이와 상담을 진행하는 이유는 환경을 바꿀 수 없어도 스스로 대처할 힘을 길러주기 때문이라고. 이러한 사실을 알고 나는 상담을 공부를 더 깊이 하고 싶어졌다. 그리고 나는 대학교 심리상담학과에 입학했다.

7. 아이들을 위해 빌린 매스컴의 힘

TV 방송 프로그램 출연

2015년, 그동안 내가 이어온 활동을 인정받아 전국 베스트 학교 전담 경찰관으로 선정됐다. 그리고 얼마 후 한 통의 전화를 받는다. KTV 국민 방송 휴먼다큐 「철밥통은 가라」라고 했다.

나 : 안녕하세요, 김주엽입니다. 전화하셨다고요?

작가 : 네, 저는 KTV 국민 방송 휴먼다큐 「철밥통은 가라」 담당 작가입니다. 저희 프로그램에서는 보이지 않는 곳에서 묵묵히 자기 역할을 다하는 공무원을 소개하고 있습니다. 김주엽 경사님이 얼마 전 큰 상을 받았다고 들었습니다. 소외된 아이들을 친형처럼 바른길로 선도하는 경사님을 통해, 참된 스쿨 폴리스의 모습을 국민에게 보여주고 싶습니다.

나를 단독으로 촬영하고 싶다는 말에 의아했지만, 며칠 뒤 경찰서로 협조공문까지 발송할 정도로 방송국 측에서는 적극적이었다. 부담은 됐지만, 얼굴이 알려지면 아이들에게 지금보다 더 쉽게 다가갈 수 있을 듯해 출연을 결심했다. 나의 출연 결정과 함께, 서울에서 담당 PD와 촬영기사 2명이 내려왔다. 카메라 2대가 2박 3일 동안 나를 따라다니며 촬영하니, 동네 사람들은 내가 유명인인 줄 알고 누구인지 묻기도 하고, 사인을 요청해 오기도 했다. 그리고 내 생애 처음 다큐멘터리 주인공이 되어 30여 분 분량으로 방영됐다.

아내의 눈총 받으며 출연한 전국노래자랑

나는 같은 해, KBS「전국노래자랑」에도 출연했다. 어릴 절 TV로만 보던 프로그램의 예심을 보는 것만으로도 설렜다. 당시 아내는 산후조리원에서 조리 중이었다. 휴일이었지만 아내에게는 거짓말을 하고 예심에 참가했다. 예심이 진행되는 곳에는 아침 일찍부터 개인, 팀 단위 할 것 없이 참가자들의 연습 행렬이 이어졌다. 참가자도 유치원생부터 중·고등학생, 중장년층, 95세 지팡이를 짚는 어르신에 이르기까지 다양했다. 듣던 대로 본선보다 더 재미있다는 현장이 내 눈앞에 펼쳐졌다.

예심 시작 2시간가량 지났을까? 내 차례가 돌아왔다. 떨리는 마음에 어떻게 그 순간이 지나갔는지 모르겠지만 "합격"이라는 말을 들은 기억이 전부다. 참고로 예심은 1·2차에 걸쳐 치러지는데, 1차는 무반주로 노래하고, 2차는 반주에 맞춰 심사위원을 보며 노래한다. 그리고 2차 예심이 끝나면 심사를 통해 최종 합격자를 발표한다. 총 580여 명 가운데 12팀의 최종 합격자가 발표됐고, 그중에 내 이름도 있었다. 혹시나 하고 참가했는데 또 한 번의 방송 출연을 하게 된 것이다.

그런데 아뿔싸! 공교롭게도 촬영일이 아내와 아들이 조리원에서 퇴소하는 날이다. 예심이야 어떻게든 거짓말을 했지만, 이때는 피할 방법이 없었다. 아내에게 이실직고하고 잔소리 들어가며 설득 끝에 「전국노래자랑」에 출연했다. 경찰 동료들은 현수막을 내거는가 하면, 백댄서도 자청했다. 돌이켜 생각해보면 무대 울렁증이 있는 내가 이토록 방송 출연에 열정적이었던 이유는 단 하나였다. 그저 아이들에게 쉽게 다가가기 위해서.

새롭게 다가온 매스컴의 힘

몇 차례 TV와 라디오 출연으로 지역에서는 유명 인사가 됐다. 물론 아이들도 나를 알아보기 시작했다. 과장을 보태 한동안 아이들 사이에서 나를 아는지 모르는지가 이슈가 됐다. SNS에서도 나와 친구가 되겠다며 팔로우를 해왔다. 결국 정원 5,000명이 가득 차 더는 요청을 받을 수 없게 되는 상황이 됐다. 나의 전략이 통했다.

나는 그 흐름을 타 아이들에게 더 친근하게 다가가기 위해 의도적으로 홍보활동을 했다. 신도 나의 노력을 가상하게 본 것일까. 나의 말을 귀 기울여 들으려고 하는 아이들의 변화가 보이기 시작했다. 나를 만나는 것을 부담스러워하지도 않았다. 작은 일에도 크게 반응하고, 특별함을 찾아다니는 아이들 사이에서는 인기가 더 높았다. 매스컴의 힘이 크다는 것을 알고는 있었지만, 피부로 와닿는 경험이었다.

2장
눈을 들어 하늘을 봐

1. 지치지 않는 힘, 관심으로부터

사서 고생하는 경찰관

시간이 지나면서 담당하는 학교 숫자는 60개에서 15개로 줄었다. 하지만 학폭위(학교폭력대책자치위원회, 학교 폭력이 발생 시 가해 학생 선도와 피해 학생 보호 조치를 결정하는 학교 내 의무회의 기구)에 참석하고, 강의 일정을 소화하는 것만으로도 빠듯했다. 활동하면서 알게 된 가·피해 학생을 비롯해 학교 밖 청소년까지 더하면 내가 담당하는 학생이 한 달에 20여 명이 훌쩍 넘었다. 그리고 나는 문제 재발 방지를 위해 주 1회 이상 그 아이들을 면담하려 애썼다. 또, 주말에는 가해 학생 학부모를 대상으로 한 특별교육과 교육청에서 주관하는 연수의 강의도 진행해야 했다.

학폭위는 대체로 중학교에서 많이 개최됐는데, 초등학교는 아이들의 문제가 부모 간의 갈등으로 번질 경우 진행하고, 고등학교는 대학 입시에 부정적인 영향을 주어 한쪽이 크게 다치거나, 피해 측이 강력히 요구하지 않는 이상 최대한 피하는 분위기다. 이때, 학교 전담 경찰관은 의무적으로 담당학교 학폭위에 위원으로 참가해야 한다. 그리고 사안 조사부터 교사 또는 학부모에게 법률 또는 절차에 대한 안내와 사후 처리까지 도왔다.

내가 담당하던 학교 중, ○○학교가 유난히 학폭위를 자주 개최했다. 그만큼 학교 폭력이 많이 발생했는데, 그런 학교를 가리켜 고위험군 학교라고 불렀다. 사건은 보통 학기 초에 많이 발생했다. 처음 만나는 아이들 사이의 기 싸움이 폭력으로 번지거나, 쉬는 시간 또는 점심시간에 덜 성숙한 아이들의 우발적인 행동이 폭력으로 이어지기도 했다. 이런 경우 대체로 시간이 지나면 문제는 쉽게 해결됐다. 문제는 학기가 더해갈수록 무리를 지어 또래 친구들을 괴롭히거나 금품을 갈취하는 상황이 생기는 경우였다. 그럴 때마다 나는 반별강의를 고집했다. 왜냐하면 전교생 강의가 편하기는 하지만 아이들과 자연스럽게 만날 기회가 없었기 때문이다. 전체학급이 보통 20개, 많게는 36개까지 있었으니, 지금 생각해보면 사서 고생을 한 것이나 다름없다.

한 아이를 살린 반별강의

반별강의를 하려면 학교 측의 협조가 필요했다. 학기 초, 학사 일정을 계획할 때 미리 조율하지 않으면 시간을 만들 수 없었기 때문이다. 또 반별강의를 거부하는 학교도 있었기에, 평소 활동을 통해 학교와의 신뢰를 쌓아야 했다. 이렇듯 학교 협조 없이는 아이들을 위해 할 수 있는 일은 아무것도 없었다.

그 가운데 나는 할 수 있는 최선을 다했다. 정기적으로 학교를 방문해, 조금 더 가까이에서 아이들을 만났고, 점심시간에는 아이들과 함께 점심을 먹었다. 쉬는 시간에는 순찰하기도 했다. 이것이 밑바탕이 되어 반별강의가 허락된 학교에서는 아이들 가까이에서 소통할 수 있었다. 아이들의 반응과 표정을 관찰할 수 있었고, 이름과 얼굴도 알게 됐다. 어떤 아이들은 쉬는 시간에 찾아와 관심을 보이기도 했다. 그런 아이들을 유심히 지켜봐야 했다. 도움이 절실히 필요할 수도 있고, 학교 폭력과 관련된 아이일 수도 있기 때문이다. 한번은 반별강의 후, 한 아이가 나에게 메시지를 보냈다. "큰마음 먹고 신고하는 것이니, 제발 도와주세요."라고 했다. 아이는 지속적인 괴롭힘으로 자살을 생각할 정도로 힘들었다고 했다. 다행히 학교 측과 공유해 잘 해결할 수 있었다. 반별강의의 긍정적 효과였다.

스쿨 폴리스실을 마련해준 학교

내가 담당한 학교 중 유독 기억에 많이 남는 교장 선생님이 있다. 동네 아저씨 같은 푸근한 인상에, 평소에도 교장실에 있기보다 아이들과 함께하는 모습을 많이 봤다. 수업 시간에는 학교 주변 쓰레기를 주웠고, 쉬는 시간에는 교사들과 순번을 정해 순찰했다. 종종 마주칠 때마다 항상 밝게 웃어줬고, 내가 식사라도 거를까 봐 "밥 묵고 합시다."라며 챙겨줬다. 그러던 어느 날, 내게 열쇠 하나를 챙겨주는 게 아닌가. 교실 하나가 남는다며 쉬고 싶을 때마다 쉬었다 가라는 것이었다. 어찌 보면 아무도 관심을 가지지 않는 학교에서 나를 챙기는 유일한 한 명이었다.

알려준 곳으로 가보니 언제 만들었는지 '스쿨 폴리스실'이라는 푯말까지 붙어 있었다. 그 감동은 지금도 이루 말할 수 없다. 그곳에서 휴식을 가진 후, 나서는 길에 교장 선생님과 마주쳤는데 그는 나를 보고 함박웃음을 지었다. 그 미소가 여전히 생생하게 떠오른다. 이 소식을 전해 들은 동료들은 부러움을 감추지 못했다. 당연히 나는 그 학교에 대한 애착이 더 많이 생겼다. 그만큼 누군가 알아주는 것만으로도 고마운 일이었다.

그해 '경찰의 날'에도 특별한 일이 있었다. 다름 아니라 교장 선생님이 나로 인해 학교 폭력 건수가 많이 줄었다며 선물을 마련한 것이었다. "별거 아닌데, 가져가서 드세요."라고 내미는 봉투에는 영양떡과 편지가 담겨 있었다. 편지에는 "학교 폭력 예방과 근절을 위해 소임을 다하는 김 경위님 덕분에 안전한 교육 환경이 조성되고 있어, 본교 학부모님과 교직원들 모두 김 경사님을 고맙게 생각하고 있습니다. 아울러 이번 경찰의 날을 맞아 진심으로 축하드립니다."라고 적혀 있었다. 교장 선생님의 따뜻한 마음이 전해져 뭉클했다.

그런 교장 선생님은 다른 학교로 전근하게 됐는데, 나에게 옮긴 학교의 학교 전담 경찰로 활동해주길 간곡히 부탁했다. 나에게 보여준 관심과 정성에 거절하지 못한 나는 기꺼이 담당을 바꿔가며 그 학교를 맡았다. 물론 그곳에도 스쿨 폴리스실이 마련됐다. 그가 퇴임한 후에도 몇 차례 더 만났다. 여전히 아이들을 위해 봉사 중이었다. 내가 지금까지 만난 수많은 교사 중 진정으로 아이들을 위하는 사람임이 느껴졌다. 그 외에도 좋은 분이 많았다. 내가 지치지 않고 스쿨 폴리스 활동을 오래 할 수 있었던 이유는 이토록 좋은 분들을 만난 덕분이라고 확신한다.

2. 예방 주사가 된 시행착오

학교마다 생겨나는 일진

학교 속으로 들어가 보면 어느 학교나 무리 지어 다니며 힘을 과시하는 아이들이 있다. 대개 이 아이들을 가리켜 '일진'이라고 한다. 일진은 때때로 폭력 서클이 되기도 해 눈여겨봐야 할 대상이다. 그렇다고 조직폭력배처럼 계보가 있거나, 몸에 문신한다거나, 90도로 인사를 하는 등 특별한 모습을 보이지 않으므로 학교에서 모르는 경우가 많다. 심지어 본인이 일진인지 아닌지 알지 못하는 일도 있다.

2017년 보도된 한 기사에 의하면 최근 3년간 경찰에 적발·해체한 학교 폭력 서클이 200개가 넘으며, 해마다 70~80개의 학교 폭력 서클이 생기고 해체된다고 한다. 문제는 교육 당국이 현황조차 파악하지 못한다는 사실이다. 그런데 아이들을 가까이서 만나보면 학교 폭력 서클과 관련한 현황을 알아내는 일은 그리 어렵지 않다.

한 무리가 눈에 띈다. 그 아이들은 틈만 나면 함께 몰려다닌다. 유심히 관찰하다 학교 폭력을 예방하기 위해 가까이 다가가 소통하고 싶지만, 언제나 쉽지 않다. 더욱이 학폭위가 열리거나 경찰서에 신고되지 않고서는 학부모 입장에서 심각성을 인지하지 못한다. 또 잘못을 인정하려 하지 않는 경우도 다반사다.

크고 작은 문제를 일으키는 무리

한 번은 반별강의를 위해 모 학교를 방문했다. 학교 입구에서 배움터 지킴이 어르신을 만났다. 그가 나를 불렀다. "김 경위님, 내 좀 보입시더. 경식이 무리 알지예? 어제는 쓰레기를 아무데나 버리길래 한 소리했더니, 욕하고, 달려들고, 주먹으로 벽을 치고. 하이고, 식겁했습니더. 어디서 배운 버르장머린지 몰라도, 아주 나쁜 행동만 합디더."라고 하는 게 아닌가. 사실 예상은 하고 있었다. 같은 달에만 담당 교사가 영식이 무리와 관련한 일로 여러 차례 나를 찾은 터였다. 보고된 내용은 입을 다물지 못하게 했다.

담당 교사 : 경식이 무리 중에 대현이라는 아이가 기절 놀이(목을 조르거나, 가슴을 강하게 눌러 기도를 폐쇄해 저산소증을 유도하고, 일시적으로 실신시키는 폭력 행위)를 하다가 피해 아이가 병원에 실려 갔어요. 더 충격적인 건 당한 아이가 맥없이 쓰러졌는데도 보고 있는 다른 아이들이 아이의 성기를 아무렇지도 않게 만지고, 그 장면을 동영상으로 남겼다는 거예요. 다른 지역에서 피해 학생이 기절하면서 머리를 심하게 부딪쳐 4일 동안 깨어나지 못하다가 뇌 손상으로 자해를 한 일도 있어서 여러 번 교육했는데도 소용이 없어요.

그런 경식이가 나에게 먼저 연락해온 사건이 있었다. 한밤중이었다. "오늘 옆 학교 애들이랑 패싸움하기로 했는데, 지금 가는 중이에요."라고 했다. 경식이는 친구들 앞에서는 싸우자고 큰소리쳐놓고, 장소와 시간이 정해지니 내심 겁이 났는지 내게 상황 보고를 했다. 미리 관할지구대에 연락해 사전에 차단했지만, 언제든 다시 일어날 수 있는 일임을 알고 있었다. 더욱이 학교 안에서 만의 문제가 아니라, 학교 밖에서 큰 문제로 이어질 만한 사안이었다.

학폭위가 열린 후에야 경식이 무리를 정식으로 만나 이야기할 수 있었다. 그들은 같은 동네에서 자란 초등학교 동창으로,

축구를 좋아한다는 공통점이 있었다. 그리고 몰려다니며 또래 친구에게 힘을 과시하는 것이 자기들의 돈독한 우정을 보여주는 것이라고 착각하고 있었음을 알게 됐다.

선도 활동의 시행착오

대화를 통해 나는 아이들을 도와주고 싶은 마음이 커졌다. SNS 밴드를 만들어 소통하고, 풋살장을 빌려 주말마다 아이들과 축구 경기를 펼쳤다. 청소년 선도에 관심을 가지는 음식점 사장의 도움으로 아이들에게 점심도 제공할 수 있었다. 그중 리더인 경식이는 서 회장에게 상담도 의뢰했다. 누가 시켰다면 못 했을 일들이다.

그런데 문제는 여기저기서 불거졌다. 몇 달 뒤 같이 축구를 하던 중에 성수라는 아이가 넘어져 바닥에 머리를 찧었다. 병원으로 데려가려 했지만, 막무가내로 집에 가겠다는 아이를 말릴 수 없었다. 찝찝한 마음으로 식사를 제공해주는 음식점으로 이동했다. 나는 언제나 선의의 마음으로 아이들에게 식사를 마련해주는 사장에게 고마웠지만, 아이들은 아닌 듯했다. 20명쯤 되는 아이들이 저마다 다른 메뉴를 시켜 곤란하게 만드는가 하면, 화장실에서 휴지로 장난을 쳐 변기를 막히게도 했다. 끝내 그곳도 이용할 수 없게 됐다. 어디로 튈지 모르는 아이들을 상대하며, 나는 그 시행착오가 예삿일로 느껴지지 않았다. 그저 다음에 다가올 상황에 대한 예방 주사쯤으로 여겼다.

3. 놀라움을 선물하는 아이들

캄보디아에서 시집온 동수 엄마

학교 활동을 통해 교사들과 친분이 쌓였다. 누나라고 부르는 장학사도, 형처럼 따르는 담당 교사도 생겼다. 어느 날, 친하게 지내는 초등학교 교사가 "형님, 우리 반 동수가 선생님들 지갑에 자꾸 손을 대네요. 한두 번도 아니고, 아무리 혼을 내도 말을 안 듣습니더. 학교 한 번 와주이소."라고 연락을 해왔다. 그렇게 동수를 처음 만났다. 경찰 제복을 입은 나를 본 동수는 잔뜩 겁을 먹은 눈치였다. 물건을 훔치긴 했지만, 내 눈엔 한없이 어린 아이에 초롱초롱한 눈망울이 귀엽기까지 했다. 그리고 잘못된 행동을 꾸짖는 것보다 다른 사람 물건에 손을 대게 된 이유가 궁금해졌다. 전화 준 교사에게 동수에 대한 정보를 더 물어봤다.

동수 엄마는 캄보디아에서 시집왔다고 했다. 아버지는 한국 사람이지만 나이도 많고, 말이 어눌하다고 했다. 자연스레 동수는 한글도 제대로 떼지 못하고 초등학생이 됐다. 당연히 학습을 따라갈 수 없었다. 그러자 학교생활에 흥미를 잃은 동수는 어려운 형편에 가질 수 없는 물건을 훔치기 시작했다. 문제가 생길 때마다 피부색이 다른 엄마가 학교에 오는 것도 극도로 싫어했다. 친구들에게 놀림거리가 되기 싫었던 것이다.

여성가족부 통계에 따르면 초·중·고등학생의 다문화 가정 학생 수는 2012년 4만 7,000명에서 지난해 2021년에는 16만 명으로 무려 240% 늘어난 것으로 나타났다. 전체 학생 수가 같은 기간, 672만 명에서 532만 명으로 감소한 것에 비하면 폭발적인 증가라 할 수 있다.

온정을 베푸는 이웃들

앞서도 언급했지만, 동수의 학습 능력은 또래보다 현저히 떨어졌다. 초등학교 2학년이지만 5살 수준이었다. 특별수업을 받고는 있었지만, 학교에서도 어려움을 호소했다. 동수의 학습을 도와줄 사람이 필요했다. 이에 나는 얼마 전 스쿨 폴리스로 활동하면서 알게 된 각계각층 전문가를 모아 개설한 SNS 밴드에 동수의 사연을 공유했다. 그리고 얼마 지나지 않아 김미연 학생이 가장 먼저 연락했다. 그녀는 경찰학과에 재학 중인 대학생으로 경찰서에 봉사활동을 하러 왔다가 알게 됐다. 용돈벌이로 아이들을 가르치고 있는데, 같은 과 친구들과 동수의 학습을 돕고 싶다고 했다. 고마운 일이었다. 그렇게 미연 학생과 동기들은 일주일에 두 차례 동수 집을 방문해 학습을 지도해 주었다.

동수 부모님은 서 회장의 도움으로 다문화 가족 전문 상담사와 주 1회, 지속적인 상담도 받게 됐다. 나는 넉넉하지 않은 동수 가정에 경제적 도움을 주기 위해 다문화 지원센터에 지원금 신청을 돕고, 동료들과 십시일반으로 월급을 모아 생필품과 학용품을 지원했다. 그 후로도 주기적으로 학교와 가정을 방문했고, 어린이날, 장미축제, 다문화 가족 행사 등 다양한 이벤트가 있을 때마다 동수 가족을 1순위로 초대했다. 그리고 기쁘게도 동수 가족은 점차 안정을 되찾았고, 동수의 손버릇도 사라졌다. 학습 능력도 향상해 평범한 학교생활을 하게 됐다.

이 같은 주변의 노력이 동수 엄마의 마음에도 전달됐는지, 우리를 초대해 캄보디아 요리를 선보였다. 신문지를 바닥에 깔고 바닥에 앉아서 먹는 전통식 캄보디아 음식을 준비했다. 동수 엄마는 어떻게든 고마움을 표시하고 싶었다고 고백했다. 그런 동수 엄마는 나에게 "오빠"라고 부른다. 또 나는 이역만리에서 가족들과 떨어져 아이들을 낳고 사는 것만으로도 대단하다고 늘 칭찬한다.

가수 윤미래의 〈검은 행복〉 가사처럼

그로부터 몇 년 뒤 동수 아버지는 위암으로 세상을 떠났다. 동수 아버지는 나의 손을 꼭 잡고 아이들을 잘 부탁한다고 했다. 국적이 다른 아내와 어린아이들을 두고 어떻게 눈을 감았을까? 문제투성이였던 동수는 내년이면 대학생이 된다. 모두가 염려했던 모습은 온데간데없고 요리사를 꿈꾸는 청년으로 잘 자라고 있다. 기적이 아닐 수 없다. 이처럼 아이들은 언제나 기대 이상의 성과로 놀라움을 선물한다.

KBS에서 방영하는 「슈퍼맨이 돌아왔다」에 출연하는 샘 해밍턴과 걸그룹 아이오아이 멤버 전소미, 가수 강남 등 연예인 중에도 다문화 가정을 이루거나 다문화 가정 출신이 많다. 그 가운데 대표 스타가 가수 윤미래다. 그녀는 특유의 매력적인 음색과 가슴을 울리는 진솔한 가사로 많은 사람의 사랑을 받고, 대한민국 3대 래퍼라고 불릴 만큼 인정받는 뮤지션이다. 그런 그녀도 어린 시절 피부색이 다르다는 이유만으로 차별을 많이 겪었다고 한다. 놀림 받고 따돌림당할 때마다 외로웠지만, 음악을 들으면서 극복했고 바르게 잘 자랐다. 그런 가슴 아픈 기억을 풀어내 본인과 같은 처지에 있는 다문화 어린이들이 어떤 흔들림에도 중심을 잃지 않는 사람으로 성장하기를 바라는 마음에서 『검은 행복』을 발표했다. 부디 다문화 가정 아이들이 『검은 행복』 노래 가사처럼 단단하게 커나가길 소망한다. 또 지금보다 더 다문화 가정에 대한 편견도 사라졌으면 한다.

4. 포기할 수 없는 순수한 소녀

나쁜 소문이 싫었던 다영이

아카시아 향이 물씬 풍기는 5월 어느 날, 다영이를 처음 만났다. 다영이는 얼마 전까지 가정 문제로 지방의 기숙학교로 전학을 갔지만, 적응하지 못해 도망 나와 성매매하다 붙잡혀 다시 집으로 돌아온 아이였다. 그리고 한 살 아래 아이들과 입학하며 복학생이 됐다. 그런 다영이를 축하하기 위해 20살 남자친구가 꽃다발을 들고 학교로 찾아온 것이 화근이 됐다. 또래 아이들이 다영이가 성인과 만나며, 성매매한다는 소문을 낸 것이다. 다영이는 그 소문을 낸 아이를 찾아다니며 폭행했다. 결국 학폭위가 열렸고, 나는 그렇게 다영이와 마주했다.

학폭위가 끝난 후 나는 다영이를 상담실로 불러 따로 만났다. 모든 아이가 1:1로 만나면 여리기만 한 소년·소녀에 불과하다.

다영이 또한 그랬고, 자기가 한 일에 대해 순순하게 폭행 사실을 인정했다. 상담을 마치고 나는 다영이에게 어떤 사연이 있는지 궁금해졌다. 이에 나는 학교 동의를 받아 다영이 어머니가 운영하는 미용실을 찾았다. 방문하게 된 사정을 이야기하자 다영이 어머니는 한숨을 내쉬며 "다영이 때문에 미치겠어요. 나는 최선을 다하는데 도무지 안 따라줘요."라고 하소연했다. 그리고 다영이의 비밀을 알게 됐다.

입양 사실을 알고 변해버린 아이

사정은 이랬다. 외동아들이던 오빠가 동생을 원했는데, 아무리 애를 써도 아이가 생기지 않아 다영이를 입양했다. 당시 입양하며 다영이 생모에 대한 정보를 알게 됐는데, 여고생이 예상치 못한 출산을 했고 직접 키울 수 없는 상황이 되자 입양 기관에 맡긴 것이다. 사연이 어찌 됐든 둘째를 간절히 원했던 가족 눈에는 유난히 큰 눈망울에 하얀 피부의 다영이가 너무 예뻤다고 한다. 또 가족들의 사랑을 한 몸에 받았고, 가족들도 다영이로 인해 웃음이 끊이질 않았다고.

그렇게 평화로운 몇 년이 흘렀으나, 다영이가 중학생이던 어느 날 문제의 사건이 일어나고 만다. 오빠와 심하게 다투던 중 온 가족이 비밀로 하던 사실을 오빠가 폭로한 것이다. 그날 이후, 이전의 다영이는 볼 수 없었다. 집 밖을 나가 방황하며 전혀 다른 모습으로 생활했다. 나쁜 친구들과 어울리며 음주·흡연·원조교제 등 어긋난 행동만 골라 했고, 집을 한 번 나가면 들어올 생각을 하지 않았다. 관내 경찰서에는 상습 가출자로 등록되어 다영이를 모르는 경찰이 없을 정도였다. 당연히 가족들은 그런 다영이 행동에 적잖이 당황했고 전학과 이사를 반복했다. 그래도 다영이가 바뀌지 않자 기숙학교로 보냈는데, 그것이 더 큰 문제가 되리라고는 아무도 상상하지 못했다고 한다. 가족이 안에서 일어난 문제를 스스로 해결하지 못하고, 집 밖으로 내치면서 걷잡을 수 없는 범죄에 휩싸인 것을 알고, 안타까운 한숨을 내쉴 수밖에 없었다.

뒷짐 지고 바라봐서는 안 된다는 의무감

다영이는 상담도 소용없었다. 다영이를 위해 밴드에 사연을 올리고, 전문적인 상담을 위해 어렵게 큰사랑 드림 연구소 조혜경 소장을 섭외했다. 다영이를 만나기 위해 조 소장과 몇 차례 집을 방문했지만, 밤낮이 바뀐 아이의 자는 뒷모습만 보고 나오기 일쑤였다.

아이는 점점 난폭해졌고, 온몸에 문신하고 담뱃불로 자기 몸을 지지는 등 스스로 몸을 망치고 있었다. 심지어 잠을 깨우는 가족들에게 칼을 들고 덤비거나, 깨진 유리 조각으로 자해를 시도하기도 했다. 그리고 큰 폭력 사건에 휘말려 소년원 신세를 지게 됐다. 나는 아이의 면회를 위해 소년원으로 향했다. 쓰라린 내 마음을 아는지 모르는지 휘날리는 봄바람은 잔인할 만큼 따스했다. 미리 공문으로 협조 요청한 덕분에, 곧장 면회 장소로 들어갈 수 있었다. 몇 분이 흘렀을까. 죄수복을 입은 다영이가 나타났다. 언제나 그랬듯 다영이는 내 앞에서는 순한 양이 따로 없었다. 그런 다영이는 늘 새롭게 시작하고 싶지만, 이미 삐뚤어진 환경과 자기를 바라보는 시선들로 바꾸기 쉽지 않았다고 고백했다.

그랬다. 다영이는 이제 겨우 고등학교 2학년 18세, 소녀였다. 그 여린 마음에 얼마나 큰 상처를 받았을까 생각하니 가슴이 미어졌다. 또 포기하기엔 너무 어린 나이다. 아이를 위해 뭐라도 해야겠다는 마음이 솟구쳤다. 나쁜 아이라고 손가락질하고 뒷짐지고 있기보다 우리 어른들이 나서야 한다는 생각이 들었다.

5. 언제나 가까이에 있는 실마리

상상하지 못한 곳에서 찾은 해답

다영이 문제로 고민하던 중, 경찰청 홍보실 권 경위가 JCN 울산중앙방송 서 PD와 함께 새로운 청소년 선도 프로그램과 관련하여 의논할 것이 있다며 만나자고 연락이 왔다. 약속 장소에는 이승진 동물병원 원장과 서라벌대학교 반려동물과 대학교수 겸 필애견훈련학교를 운영하는 이채원 교수도 참석했다. 본격적인 회의가 시작되자 권 경위가 운을 뗐다.

권 경위 : 이번에 원장님과 교수님, 그리고 서 PD님과 아이들을 위한 프로그램을 만들려고 하는데, 김 경위님도 함께 해주시면 좋겠습니다.

나 : 아이들을 위한 일이라면 뭐든 해야죠.

서 PD : 원장님은 구조된 유기견들을 정성스럽게 치료하는 일을, 교수님은 버림받은 동물들이 사람과 잘 어울릴 수 있도록 훈련하는 일을, 경위님은 어려움을 겪는 아이를 많이 알고 있으니, 다 함께 모여서 좋은 사례를 만들면 좋겠어요.

이야기를 나누는 도중에 나는 생각에 잠겼다. 아이들의 어려움은 오랫동안 습관처럼 쌓여있어, 뒤엉킨 실타래처럼 쉽게 풀리지 않는 경우가 많아서였다. 급하게 생각하고 접근했다간 아이의 인생을 오히려 망칠 수도 있어 망설여졌다. 그때 이 교수가 자신감에 가득 찬 목소리로 말했다. "동물 좋아하는 아이치고 나쁜 애들 없어요. 강아지를 훈련하다 보면 좋은 인성이 길러지고요. 훈련소 김 조교도 한때 방황했는데 나랑 같이 훈련하면서 내가 있는 대학에 특례입학도 하고, 지금은 애견훈련사가 되어 나를 뛰어넘겠다고 해요."

다영이가 떠올랐다. 다영이에게는 기존의 상담이나 프로그램이 효과가 없었다. 뭔가 해줄 것이 없을까 고민하고 있던 머릿속이 시원해지는 듯했다. 나는 버려진 동물들이 두 번 버려지지 않도록 치료하고, 훈련해서 좋은 주인을 찾아주고, 이 과정을 통해 아이들에게 좋은 인성을 길러주는 프로그램. 묘하게 다영이와 유기견이 닮았다고 생각했고, 유기견이 안정을 찾듯 다영이에게도 그런 과정이 필요하다는 생각이 들었다.

강아지와 하나가 되어 다시 돌아온 다영이

나는 다영이에게 전화했다.

나 : 다영아, 너 강아지 좋아하니?
다영 : 네, 저 너무 좋아해요.
나 : 그래? 그럼 잘됐다.
다영 : 왜요, 선생님?

나는 마음이 급해졌다. 다영이와 다영이 어머니를 동물병원으로 불렀다. 지난 회의 때 함께한 사람들도 함께였다. 이 교수는 다영이 어머니에게 프로그램 취지를 설명했고, 엄마는 다영이만 좋다면 뭐든지 해보겠다는 견해였다. 다영이도 프로그램을 잘 이수하면 강아지를 선물로 받을 수 있다는 말에 처음으로 선뜻 해보겠다고 했다. 아이를 훈련소까지 데려가는 일은 내가 맡았다.

훈련 첫날, 밤새워 놀다 늦게 잠든 다영이를 억지로 깨워 뒷좌석에 태우고, 다영이 어머니와 함께 훈련소로 향했다. 가는 내내 잠을 자던 아이는 도착해서 깨우자 거친 말을 내뱉으며 화를 냈다. 이 교수는 아이가 감정을 조절하고 훈련을 준비할 수 있도록 기다려줬다. 잠시 뒤 다영이는 스스로 교육에 참여했고, 강아지와 하나가 되어 뛰어놀았다. 훈련이 끝난 후, 모든 과정을 마치면 강아지를 선물로 주겠다는 말에 다영이는 다시 한번 기쁨을 감추지 못했다.

입양, 우리 인식 개선이 우선

나는 다영이를 조금 더 이해하려고 입양 기관을 찾았고, 그 계기로 입양에 대한 새로운 견해가 생겼다. 대개 입양이라 하면 어딘가 모르게 불행하고, 안쓰러운 마음이 들 수 있지만, 애플을 설립한 故 스티브 잡스처럼 훌륭하게 성장해 전 세계를 놀라게 한 인물도 있다. 그가 그렇게 될 수 있었던 것은, 새로운 가족들이 새로운 환경에 잘 정착할 수 있도록 정성스러운 보살핌을 해준 덕분이다. 스티브 잡스 외에도 입양아지만 바르게 성장해 선한 영향력을 펼치는 인물이 많다. 그들도 가족의 응원이 뒷받침됐다고 고백한다.

해외에서는 입양을 많이 하기도 하며, 특히 할리우드 배우들이 아이들을 입양하고 그 사실을 숨기지도 않는다. 유독 우리나라만 입양에 관대하지 못한 듯하다. 이것이 가장 큰 문제다. 다시 말해, 입양의 가장 큰 문제점은 사회의 부정적인 인식과 태도다. 국내 입양의 경우 양부모의 선별기준도 까다롭다. 지나치게 아동의 배경, 성별, 연령, 혈액형 등을 따진다. 뿐만 아니다. 아동 중심의 입양이 아닌 부부 중심의 입양에도 문제가 있다. 일부는 불임 또는 불화 등의 문제를 잠재우고자 하는 입양도 있다. 입양에 따른 부모 교육 등 사전·후 프로그램도 미흡하고, 입양된 아이들이 입양 가정에서 잘 성장할 수 있도록 돕는 프로그램도 전무하다. 입양 아동 측의 어려움도 만만치 않아, 친부모에 대해 알고 싶어 하는 아동과 양부모 사이에서 혼란을 겪기도 한다. 때로는 자기에 대한 방종과 자학, 더 나아가서는 방황으로까지 이어진다.

　모쪼록 입양이 가진 고질적인 문제점이 해결되어, 입양에 대한 부정적인 인식이 전환되고 국내에서도 입양이 활성화되어 입양으로 인한 아이들의 고통이 사라지기를 바란다.

6. 준우 구하기 대작전

내 친구 아들과의 만남

담당학교 강의가 있는 날, 제복을 차려입고 아이들에게 나눠줄 선물을 챙기고 있었다. 그때 친구 민수가 연락이 왔고, "오늘 우리 아들 학교 강의 간다메? 애들 앞에서 아는 척 한 번만 해주라."라고 부탁하는 것이었다. 그다지 어려운 일이 아니라 강의 막바지에 친구 아들 준우의 이름을 불러주었고. 준우는 큰소리로 대답하며 일어났다. 준우는 순식간에 전교생의 부러움을 샀다. 준우에게는 그것이 큰 인상으로 남았는지 집으로 돌아가 친구에게 자랑하며 경찰이 되고 싶다고 했단다.

그런데 준우에게는 문제가 있는 것으로 보였다. 점심시간에 준우 담임교사를 마주쳤는데, 일반적인 반응이 아니었다. 대부분 담임교사는 아이 이야기할 때 칭찬하는데, 그렇지 않은 것이다. 준우는 전교에서 가장 체구가 컸고, 감정 조절이 제대로 되지 않아 또래 친구들과 관계가 어렵다고 했다. 이런 사실을 부모에게 알렸지만 바쁘다는 핑계로 대수롭지 않게 넘겼다고. 이어서 염려 가득한 얼굴로 "준우는 그냥 두면 안 됩니다. 정확한 검사라도 받아 보라고 전해주세요."라고 했다. 하지만 나는 친구 민수에게 그 이야기를 전달하지 못했다.

4년 후 내부적인 문제로 학기 중에 담당학교가 바뀌어 준우가 다니는 중학교를 담당하게 됐다. 담당학교가 바뀌면 제일 먼저 학교 폭력 담당 교사와 대면하게 되는데, 그때 말썽부리는 아이들에 대한 정보를 전달받는다. 준우도 그중 한 명이었다. "준우는 정서적으로 문제가 있어요. 감정 조절이 안 되니 선생님들도 힘들어하고요. 얼마 전에는 담배 피우다 걸려서 혼을 냈더니, 무작정 가방 싸서 찻길로 뛰어들어, 큰일 날 뻔했습니다." 준우는 그동안 많은 문제를 일으키며 학교에서 문제아로 단단히 낙인찍혀 있었다.

사기 사건에 휘말린 동욱이

준우는 나를 삼촌이라고 불렀다. 준우가 중학교 3학년이 되던 해 SNS를 통해 준우가 쪽지를 보내왔다.

삼촌, 살려주세요! 오토바이로 저한테 작업 건 형이 부모님께 말한다고 하고, 저를 경찰에 신고하겠다고 해요. 당하기 싫으면 돈부터 들고 오래요.

한눈에 준우가 잔뜩 겁에 질려 있는 게 느껴졌다. 만나서 이야기를 들어보니, 당시 유행한 오토바이 사기 사건에 휘말린 것이었다. 방식은 이랬다. SNS에 오토바이 사진을 올린 후, 1만 원에 빌려 타라고 홍보한다. 때로는 오토바이에 관심 있는 아이들에게 억지로 빌려 타게도 한다. 문제는 이미 고장 난 상태라는 걸 아무도 모른다는 사실이다.

하얀색 로시브(다이나믹 머플러, 휴대폰 거치대) 사운드 개박살납니다.
오늘 나왔습니다. 손볼 곳 없는 컨디션 최고의 상태, 빌려 타세요!

와 같은 말로 현혹하지만 모두 새빨간 거짓말이다. 그러니 순진하게 빌려 탄 아이들은 100~200만 원이라는 거액의 수리비를 내야 하는 상황에 몰리고 만다. 협박 대상이 되는 것이다. 활동은 주로 SNS 밴드를 통해 이뤄졌으며, 리더를 중심으로 오토바이 홍보하는 아이, 수리비 달라고 협박하는 아이, 돈 받으러 다니는 아이 등 역할도 분담되어 있었다. 겁에 질린 아이들은 수리비를 구하기 위해 후배들에게 돈을 갈취하거나, 다른 범죄를 저지르기도 했다. 수리비를 주지 않으면 무면허로 경찰에 신고하겠다며, 피해 아이 부모를 협박하는 대담함까지 보이며 성인 폭력 범죄와 닮아 있었다.

준우는 그런 무리가 멋있어 보였다고 했다. 심지어 그들을 따라다니며 흉내 내고 있었다, 하지만 매번 이용만 당하고 무리에 끼지는 못했다. 나는 그 무리를 만나기 위해 유인책을 쓰기로 하고, 준우에게 "형들한테 수리비 줄 테니 만나자고 연락해봐."라고 했다. 5분도 되지 않아 답변이 왔고 나는 나와 준우와 내가 있는 쪽으로 오게 했다. 잠시 후, 아이 2명이 오토바이를 타고 나타났다. 그중 한 명이 주말마다 같이 축구하는 경식이 무리의 대현이었다. 나는 한마디만 했다. "대현아, 준우는 내 친구 아들이다." 그날 이후 준우는 더 이상 협박에 시달리지 않았고, 대현이 무리는 오토바이로 장난치지도 않았다.

용기 있는 담임교사의 한마디

준우는 어머니와 함께 집으로 돌아갔다. 며칠 후 민수를 만나기 위해 그가 운영하는 카페를 찾았다. 차를 마시며 조심스레 말을 꺼냈다. 준우나 아내에게 전후 사정을 전해 들었을 텐데 별말이 없었다. 나도 더는 준우에 대해 묻지 않았다.

내가 기억하는 준우 아빠 민수는 서울에서 이사를 온 아주 착한 아이였다. 그런 민수가 40대 중반의 늦은 나이에 결혼해 아들 준우를 낳았다. 그래서 준우는 가족들의 사랑을 독차지했다. 곱게만 클 것 같던 준우의 현실을 마주하고 안타깝지 않을 수 없었다. 준우는 누구보다 잘 키우고 싶었겠지만, 카페를 운영하면서 바빠진 탓에 신경을 많이 못 쓴 것 같았다. 사실 민수는 동욱이가 태어나고 얼마 지나지 않아 카페를 개업했다. 오래전부터 공무원 생활이 적성이 맞지 않았는지, 계획을 실행으로 옮겼다. 시간이 지날수록 혼자 있게 된 준우는 삐뚤어진 형들을 동경하게 된 듯했다.

부모들은 본인 눈에 보이는 모습만으로 아이를 판단하려 한다. 그래서 객관적으로 아이를 바라보지 못하는 경우가 많다. 그러나 학교에서 많은 아이와 생활하는 교사들은 다르다. 또래와 다른 행동이나 잘못된 행동을 쉽게 발견할 수밖에 없다. 그렇다고 그런 사정을 부모에게 그대로 전달하기가 쉽지 않다. 부모와 교사가 면밀히 소통하며 아이 문제를 고민하는 경우도 있지만, 아이에 대한 편견으로 보거나, 내가 더 잘 안다는 식의 반감을 품기도 하기 때문이다. 사실 교사도 사람인지라 상처받기 싫은 마음은 마찬가지다. 준우를 오토바이 사기 사건에서 구출하면서 초등학교 5학년 때 만난 준우의 담임교사가 했던 "정확한 정신과 검사라도 받아 보라고 해주세요."라는 한마디가 얼마나 용기 있었는지 새삼 느꼈다. 만일 그때 미리 검사하고, 조치를 취했다면 어땠을까?

7. 성장하게 하는 간절한 꿈

배우를 꿈꾸는 기철이

내가 활동하는 지역에서 아이들은 시내 중심가의 대로변을 기준으로 오른쪽은 ○○패밀리, 왼쪽은 ##패밀리라는 이름으로 구역을 정해 힘을 과시했다. 그들은 대체로 삥뜯기(돈을 갈취하는 행위)나 폭주(오토바이를 난폭하게 운전하는 짓)로 위화감을 조성했다. 또 서로 정해둔 구역을 침범하는 문제로 자주 다퉜다.

나는 그중 A 서클에 대한 정보를 확보해 그 무리가 다니는 학교로 갔다. 거기서 기철이를 처음 만났다. 처음 만난 기철이는 얼마 전 오토바이를 타다가 넘어져 팔에 깁스하고 있었다. 눈매도 사나웠다. 그래도 다행히 유난히 나를 잘 따랐다. 내가 준 명함을 언제나 들고 다니며 주변에 자랑도 하고, 나에게 삼촌이라고 했다. 그런 기철이는 "삼촌, 밥 좀 사주세요."라는 연락을 자주 했다. 대부분의 아이가 그렇듯 기철이도 음식 앞에서는 마음이 열리는 듯했다. 마음속에 담아둔 이야기도 편하게 했다.

한번은 집으로 데려다주는 길에 기철이 엄마가 일하는 곳을 지나치게 됐다. 추운 겨울에 혼자 노점에서 액세서리를 판매하고 있었다. 나는 기철이에게 물었다.

나 : 엄마 일하는 모습 보면 어때?

기철 : 엄마를 위해서라도 꼭 성공하고 싶다고 생각을 해요. 그래서 엄마를 행복하게 해주고 싶어요.

나 : 우리 기철이 기특하네. 그래, 꿈이 있으면 길을 잃지 않는다는 말이 있지. 기철이는 가장 하고 싶은 일이 뭐야?

기철 : 저는 배우가 되고 싶어요.

처음 듣는 이야기에 놀랐지만 나는 기철이의 꿈을 온 마음 다해 응원했다. 그 일이 있고 얼마 후, 드라마에 출연할 배우를 뽑는다는 공개오디션 공고를 보게 됐다. 나는 놓치지 않고 기철이에게 정보를 알려줬고, 기철이는 당당히 합격해 드라마에 출연했다. 그 후, 기철이는 본격적으로 배우의 꿈을 꾸며 예술고등학교로 진학하기 위해 공부에 전념했다. 학교에 방문할 때마다 담당 교사에게 기철이 안부를 묻곤 했는데, 학습 태도와 학업 성적이 몰라보게 달라졌다고 했다.

명확한 꿈은 지치지 않게 하는 원동력

그 후로 몇 년 동안 기철이를 만나지 못했다. 기철이가 어떻게 지내는지 궁금할 무렵, 기철이에게서 전화가 왔다. 대뜸 "삼촌, 배고파요. 밥 사주세요."라고 했다. 오랜만에 만난 기철이 모습에 나는 속으로 놀랐다. 반소매 티셔츠와 반바지 사이로 문신들이 삐져나와 있었기 때문이다.

나 : 몸에 그림은 와 그렸노?

기철 : 선생님, 저 타투로 돈 벌기로 했어요.

나 : 배우 한다고 했잖아.

기철 : 배우, 아무나 하는 거 아니잖아요.

보지 못하는 동안 기철이에게 무슨 일이 있었는지 궁금했다. 배우로 성장할 수 있게 도와주기로 한 감독과는 어떻게 된 것일까? 눈치를 보아하니 기철이는 배우에 대한 꿈에 미련이 남아 있는 듯했지만, 활동하면서 상처를 단단히 받은 듯했다. 사실, 연기를 제대로 배운 적 없는 아이가 드라마에 출연했으니 고민이 없는 게 이상했다. 전후 사정을 짐작한 나는 "삼촌 지인 중에 극단 운영하는 대표님이 있는데, 소개해줄 테니 처음부터 다시 시작해 봐."라고 했다.

예상했던 대로 극단 대표와 기철이의 만남은 일사천리로 진행됐고, 대표는 기철이에게서 재능을 봤는지 두 사람은 이내 대화가 통했고 첫 만남에서부터 한참 이야기를 나눴다. 그리고 기철이는 배우의 꿈을 이어갔다.

미켈라 드프린스 이야기

미켈라 드프린스라는 발레리나가 있다. 그녀는 시에라리온이라는 아프리카 서부의 아주 작은 나라 출신이다. 전쟁고아였지만 스타 발레리나로 "간절한 꿈이 있어 나는 도약한다."라는 명언을 남겼다.

드프린스는 5만 명의 목숨을 앗아간 시에라리온 내전 중인 1995년 태어났다. 다이아몬드 광산 노동자였던 아버지는 그녀가 3살 되던 해에 반군의 학살로 세상을 떠났고, 어머니는 굶어 죽었다. 이로써 드프린스는 보육 시설에 맡겨졌는데, 어린 시절

앓은 피부탈색증으로 인해 목과 가슴에 남은 흰 얼룩을 보고 다들 악마의 자식이라고 손가락질했다. 그런 그녀에게 꿈이 있었으니 바로 발레리나가 되는 것이었다. 4살에 핑크색의 튀튀(발레리나 치마)를 입고 토슈즈를 신은 채 발끝으로 서 있는 발레리나의 사진이 그의 인생을 뒤바꿔 놓은 것이다. 발레가 무엇인지도 몰랐지만 드프린스는 행복한 발레리나를 닮고 싶어서 사진 속 동작을 흉내 내며 지냈다. 그러던 중, 1999년 미국인 부부 미켈라 가정에 입양된 후 양부모의 도움으로 꿈에 그리던 발레리나가 된다.

후에 어느 한 인터뷰에서 밝히길 수많은 사람이 "아무도 너 같은 악마의 자식을 입양하지 않을 것이고, 너에게는 희망이 없을 것"이라고 악담을 퍼부었지만, 드프린스는 사람들의 말이 잘못됐다는 것을 보여주고 싶었다고 했다. 또 간절한 꿈이 있었기에 희망을 품을 수 있었다고 밝혔다.

기철이의 사례를 보면서 간절한 꿈은 아이를 지치지 않게 하고, 한 뼘 더 성장하게 만든다는 진리를 깨닫게 됐다.

3장
너희가 나쁜 게 아니야!

1. 가출팸 아지트가 된 주경이의 원룸

갑자기 변해버린 주경이

더운 여름 끝자락에 가을바람이 느껴지는 9월의 어느 날이었다. 노을이 질 무렵, 전화 한 통이 걸려 왔다. 목소리의 주인공은 내가 담당하는 모 중학교의 학생부 박 선생으로 "경위님, 학교에 좀 와주이소. 주경이라고, 1학년 때는 엄청 착실했는데, 2학년 올라오면서 학교 앞 원룸으로 이사 오더니 학교를 안 나옵니더. 주변 아이들 말로는 주경이가 혼자 산다고 하네예. 부모님 연락도 잘 안되고요. 가정 방문이 필요할 것 같습니다."라며 가정 방문에 동행해달라고 부탁했다. 나는 박 선생과 통화를 마무리한 후, 아동보호전문기관에 협조를 구한 다음 학대 전담 김 경장과 함께 현장으로 갔다.

주경이를 처음 만난 것은 1년 전, 반별강의를 할 때였다. 아빠가 아프리카 나이지리아 출신 흑인으로 한눈에 봐도 검은 피부와 곱슬머리로 눈에 띄는 아이였다. 강의 후 주경이는 나에게 유독 큰 관심을 보였는데, 그런 주경이에게 그동안 무슨 일이 있었던 것인지, 궁금해하며 발걸음을 재촉했다.

주경이의 집은 박 선생 말대로 학교 앞의 작은 원룸이었는데, 방문한 당시 현관문은 굳게 잠겨 있고, 인기척이 없었다. 어렵사리 주경이 엄마와 연락이 닿아 전후 상황을 들어보니, 피치 못할 사정으로 아이를 혼자 둘 수밖에 없었다고 했다. 또 주경이가 유일하게 소식을 주고받는 사람은 엄마였다. 이유인 즉, 생활비를 받기 위해서였다. 어쩔 수 없이 주경이가 먼저 연락하길 기다릴 수밖에 없었다.

사연 많은 주경이의 가족

주경이 집 앞에서 웅성웅성하는 소리를 듣고, 위층에 사는 원룸 주인이 내려왔다. 그리고는 "이 집에 무슨 일 있죠? 밤마다 애들이 벌떼같이 모여서는 시끄럽게 떠들고, 오토바이 소리 때문에 주민들이 밤잠을 설친다니까요. 남자아이 하나가 이사 온 후로, 원룸이 불량청소년 집합소가 됐어요."라며, 혀를 내둘렀다.

그 말을 듣고 우리 일행은 주경이 엄마와 건물 주인의 동의를 받아 주경이 집 안으로 들어가 보기로 했다.

주경이 집은 특이한 점이 많았다. 방 안에는 CCTV가 여러 대 설치되어 있었고, 냉장고에는 언제 먹고 남겼는지 모를 말라비틀어진 김치와 먹다 남은 라면 그릇만 덩그러니 있었다. 우리가 가장 놀란 것은 주경이 엄마와 통화했을 때 분명 엄마와 함께 살고 있다고 했는데, 집 어디에도 엄마의 흔적을 찾아볼 수 없었다는 사실이다. 이에 함께 온 아동보호전문기관 담당자와 김 경장은 미성년자를 방치하는 학대가 의심스럽다며, 주경이 엄마를 조사할 것을 의뢰했다. 이에 따라 주경이 엄마는 충북 제천에서 내려왔다.

주경이 엄마는 조사를 받기 전, 할 말이 있는 듯했다. 그렇게 나와 마주한 주경이 엄마는 울기 시작했다. 그간의 사정을 들어보니 이러했다. 주경이 엄마는 무속인으로 외국 사람과 결혼했는데, 주경이를 낳자마자 헤어졌다. 그런데 주경이 엄마는 직업 특성상 한곳에 머물러 살 수 없었고, 하는 수없이 주경이는 할머니와 고모에게 맡겨졌다. 하지만 주경이가 커갈수록 문제를 일으켜 함께 살려고 했으나, 일 때문에 다시 집을 떠나야만 했다고 한다. 그렇다고 완전히 나 몰라라 했던 것은 아니었다. 혼자 있을 주경이가 걱정돼 CCTV를 설치했고, 집 앞 식당에서 끼니를 해결할 수 있도록 했으며, 일주일에 한 번 도우미의 손을 빌려 청소를 맡겼다. 그리고 엄마는 한 달에 한 번 집에 왔다고. 덧붙여 중학생인 아이를 혼자 둬야만 했던 엄마 심정을 이해해달라고 간곡히 부탁했다.

모든 정황을 들어보니 주경이에게 가장 필요한 것은 함께 밥을 먹고, 잠을 자고, 이야기할 가족이었다. 이러한 이유로 잘 곳이 필요한 아이들이 주경이 집으로 모여들었다. 문제의 심각성을 느끼고, 더 이상 두고만 볼 수는 없다는 판단에 주경이 집을 폐쇄하자는 의견이 있었지만, 주경이를 찾는 것이 급선무였다. 그래서 우리는 언제 돌아올지 모르는 주경이를 기다려보기로 했다.

하늘의 별 따기와 같은 주경이와의 만남

며칠 뒤, 기다리던 소식이 왔다. 원룸 주인이 "어젯밤에 아이들이 집에 온 것 같아예. 그런데 문을 아무리 두드려도 열어줄 생각을 안 합니더."라고 전화한 것이다. 우리는 곧장 주경이 집 앞으로 모였다. 역시나 제아무리 문을 두드리고, 애타게 불렀지만 굳게 닫힌 문은 열리지 않았다. 경험상 아이들은 밤새워 놀다가 늦게 잠들기도 했지만, 일부러 문을 열지 않는 듯했다. 건물 주인이 사다리를 이용해 창문을 들여다보니 아이 여러 명이 자고 있다고 했다.

그때부터 고민이 시작됐다. 주경이가 문을 열더라도, 미성년자인 주경이는 보호자가 없는 상태고, 동의 없이 강제로 보호할 수는 없는 노릇이었다. 그러나 주경이를 방치하는 것은 더더욱 해서는 안 될 일이었다. 그때 주경이가 얼마 전 폭행 사건으로 보호 관찰 중이라는 이야기를 들은 게 떠올랐다. 보호 관찰 중에 집을 이탈했으니 다시 재판에 회부되어 소년원에 가야 할 수도 있었다. 나는 바로 주경이를 담당하는 보호 주사님에게 전화했다. 왜냐하면 비행을 경험해본 아이들은 보호 관찰 선생님을 무서워할 뿐만 아니라, 보호관찰법에는 보호 중인 아이를 강제로 시설에서 보호할 수 있는 규정이 있는 터였다.

아니나 다를까, 보호 주사님의 목소리를 들은 주경이는 겁을 먹고 문을 열었고, 집 안에서는 여러 명의 아이가 뒤엉켜 자고 있었다. 우리는 서둘러 현장을 정리했다. 함께 있던 아이들은 보호자에게 인계하고, 주경이는 청소년 장기 쉼터에 맡겨졌다. 당연히 집은 아이들이 올 수 없도록 폐쇄했다.

미소를 되찾은 주경이

얼마 후 주경이 엄마가 조사받기 위해 경찰서로 출석했다. 그때 주경이에게 엄마를 따라갈 것인지, 쉼터에 남을 것인지 물어봤다. 그런데 주경이는 쉼터에 남겠다는 뜻밖의 선택을 했다. 아이의 의견을 존중해 쉼터에 주경이와 관련한 정보를 모두 전달하고, 따뜻한 보살핌을 부탁했다.

몇 달 후, 주경이가 어떻게 지내는지 궁금해 쉼터를 방문했다. 다행히 주경이는 처음 만났을 때처럼 밝은 얼굴이었고, 편안해 보였다. 학교도 빠지지 않고 잘 다니고 있다고 했다. 담당 선생님도 "경위님, 주원이는 이제 더 이상 걱정 안 해도 될 것 같아요."라고 했다. 내가 봐도 주경이는 또래 친구들을 형제 삼아, 선생님을 부모 삼아 즐겁게 생활하는 듯했다. 주경이에게는 그 무엇보다 함께할 따뜻한 가족이 간절했음을 새삼 느꼈다.

그 모습을 보고 주경이에게 닥친 어려움이 '여우비'이길 바랐다. 여우비란, 해가 떠 있는 날 잠깐 오다가 그치는 비를 일컫는 것으로, 반짝반짝 빛날 주경이의 삶에 잠시 스치는 찰나의 순간이었으면 한다는 의미다.

2. 소민이의 동거와 임신

살기 위해 지구대를 찾은 소녀

가로등 불빛 아래 은은한 노란빛과 간간이 지나가는 차량의 불빛만이 거리를 밝히는 야심한 시각, 어린 여자아이가 맨발로 지구대를 찾았다. 그 아이는 다급한 목소리로 "살려주세요. 남자친구가 저를 죽이려고 해요."라고 했다. 현장의 긴박함은 속옷 차림의 상의와 반쯤 찢어진 치마가 말해주고 있었다. 온몸에는 멍 자국이 선명했고, 코와 입술에는 피가 흥건했다.

그렇게 처음 만난 소민이는 남자친구와 동거 중이었고, 남자친구는 폭행 문제로 교도소에 수감된 경험이 있는 난폭한 성향을 가지고 있었다. 출소 후에도 소민이를 향한 폭행이 이어졌고, 그날은 분노가 조절되지 않는지 칼까지 들고 협박한 것이었다.

그날 이후 소민이는 여성쉼터에서 생활하기로 했다. 그런데 보호시설에 입소하기 전 집단생활을 위한 절차로 진행한 검사에서 모두를 놀라게 한 결과가 나왔다. 다름 아니라 소민이에게 각종 성병 증세가 발견됐고, 치료를 받아야 하는 상태였다.

예의 바른 아이 뒤에 숨은 아픔

소민이는 볼 때마다 참 예의 바르다고 느껴졌다. 알고 보니 어릴 때부터 시설 생활을 많이 해 예절이 몸에 밴 것이었다.

전남 완도에서 태어난 소민이는 남동생과 함께 일찍부터 시설 생활을 했다고 했다. 왜냐하면 아버지는 일찍 돌아가시고, 어머니는 알코올성 치매로 병원 신세를 져야 했기 때문이다. 하지만 갖은 학대와 폭행으로 보육원 생활도 녹록지 않았다. 그 현실을 견디다 못해 보육원에서 탈출해 삼촌을 찾아갔는데, 삼촌은 소민이 남매의 재산까지 모두 챙겨 도망가고 없었다.

오갈 데가 없어진 소민이는 거리로 나올 수밖에 없었고, 먹고 살기 위해 성매매를 선택했다. 그러다가 지금의 남자친구를 만났는데, 따뜻하고 친절하던 첫 모습과 달리 시간이 지나면서 소민이를 소유물이라고 여기고, 온갖 폭력을 행사하면서 화풀이 대상으로 삼았다고 한다. 그럴 뿐만 아니라 동거를 시작한 후로는 밤마다 사랑을 증명하라는 명분으로 성관계를 요구했다. 그러나 어린 소민이에게는 피임에 대한 지식이 없어서 여러 차례 임신과 낙태를 반복하게 된다. 그 와중에 남자친구의 폭행은 더 심해졌고, 사건이 있던 날을 계기로 비로소 남자친구에게서 벗어났다.

도움의 손길로 피어난 희망

얼마 후 소민이가 생활하고 있는 여성쉼터에 방문했다. 그때 소민이가 학교를 제대로 다녀본 경험이 없다는 사실과 본인처럼 어려움을 겪는 사람들을 돕는 사회복지사의 꿈을 안고 검정고시를 준비하고 있다는 이야기를 들었다. 이 사정을 듣고는 가만히 있을 수 없었다. 소민이에게 작게나마 힘을 보태고 싶어, 곧장 내가 운영 중인 밴드 '징검다리 서포터즈'에 직접 소민이의 스토리를 공유해 도움을 요청했다.

현재 쉼터에서 생활하는 여학생이 있습니다. 어릴 적부터 보육원 생활로 많은 어려움을 겪었지만 밝고, 예의 바른 아이입니다. 그런데 여태까지 학교에 제대로 다녀본 적이 없다고 합니다. 지금 소민이에게 당장 필요한 것은 검정고시에 합격할 수 있도록 학습을 도와줄 어머니 같은 분입니다. 조금만 도움을 주면 더욱 예쁘게 성장할 수 있다고 믿습니다. 아이에게 도움 주실 멘토님을 기다립니다.

사연을 읽은 밴드 회원 중 영어 학습 봉사 중인 분이 연락이 왔고, 본인에게는 딸이 없다며 소민이에게 엄마가 되어주고 싶다는 의사를 밝혔다. 그때부터 멘토와 소민이는 주 2회의 정기적인 만남이 이뤄졌으며, 워낙 외로움을 많이 타던 소민이는 멘토에게 의지하며 금세 친해졌다.

그로부터 6개월 뒤, 멘토에게 전화가 왔다. 오늘이 검정고시 치는 날이라며, 소민이를 시험장에 데려다주고 오는 길이라고 했다. 또 자기 딸이 시험 치는 것처럼 떨린다고도 했다. 나중에 알았지만, 멘토는 따뜻하게 시험 치라고 겨울 외투까지 구매해 입혀줬던 모양이다. 소민이의 검정고시 결과가 궁금해질 무렵, 나의 휴대폰이 울렸다. 소민이의 멘토였다. 전화선 너머로도 벅찬 마음이 숨겨지지 않을 만큼 멘토는 한껏 들뜬 목소리로 "경위님, 우리 밥 한 끼 해요. 오늘 기쁜 날이거든요."라고 했다. 예상했지만 소민이가 검정고시에 합격했다고 했다. 수줍은 소민이 표정과 마치 제 일처럼 즐거워하던 멘토의 모습이 아직도 선하다.

희망을 안고 찾아 나서는 길

그 후로 바쁘다는 핑계로 한동안 연락을 못 하다가 경찰서 앞을 지나가는 소민이를 봤다. 낯선 남자와 함께 있는 것이 이상해, 소민이를 맡았던 멘토에게 전화해 소민이의 소식을 물었다. 멘토는 한참을 머뭇거리다가 "경위님, 소민이 공부 그만뒀어요. 그리고 이제 제가 더 이상 도울 일이 없을 것 같습니다."라고 했다. 아닌 게 아니라 소민이가 또다시 임신하고 만 것이다. 시설에서도 쫓겨난 상태였다.

앞서도 언급했듯 소민이는 평소에 외로움을 많이 탔다. 그 영향인지 가정을 빨리 꾸리고 싶어 했고, 주변의 만류에도 아이를 낳기를 고집했다고 한다. 더 안타까운 것은 임신 소식을 접한 다음 연락이 닿지 않았다는 점이다.

사회적으로 비우호적인 통념으로 청소년기 미혼모에 대한 정확한 통계가 없는 실정이다. 더불어 미혼모에게서 태어나는 아이들에게 주어지는 환경도 그리 좋지 않다. 이에 나는 소민이에게서 태어날 아기가 불행한 삶을 살지 않기를 바라면서, 소민이를 찾아 나섰다. 스페인의 소설가이자 극작가인 미겔 데 세르반테스의 말처럼 생명이 있는 한 희망은 있다고 확신하기에.

또 검정고시 합격 이후 소민이가 보낸 "저의 부족한 점을 채워주시고, 여러모로 도움을 주셔서 좋은 결과가 있었습니다. 지금은 고졸 검정고시 준비 중인데, 더 기쁜 소식 안겨드리도록 열심히 하겠습니다. 정말 고맙습니다."라는 메시지가 여전히 내 휴대폰에 남아 있고, 그 의지를 살려내고 싶어서다.

3. 짙은 화장을 한 여장 소년 정우

자살 소동이 벌어진 학교

어느 날 내가 담당하는 학교의 상담사가 다급하게 전화했다. 아이가 상담 중에 갑자기 죽겠다며 옥상으로 올라가려는 것을 붙잡고 있는데, 더는 버티지 못하겠다고 말이다. 그런데 그 상담사는 왜 학교의 다른 선생님에게 도와달라고 하지 않고 나에게 전화했을까? 신호를 무시하고 가더라도 30분이 족히 걸린다는 사실을 모르는 것도 아닐 텐데. 그래서 나는 특별한 이유가 있을 것으로 생각하고 "주변에 도움을 구하고, 112에 신고하세요."라는 말을 남기고, 서둘러 그 학교로 출발했다.

가는 길에 나는 교육청 자살 담당 장학사에게 전화해 사정을 설명했다. 그랬더니 근처에서 연수가 있었다며, 동행하겠다고 했다. 그 한마디에 나는 천군만마를 얻은 듯했고, 우리는 학교 앞에서 만나 사건이 벌어진 현장으로 걸음을 재촉했다.

　다행히 아이는 이미 진정되어 학교 선생님의 보호를 받고 있었다. 그 자리에는 아이의 아버지도 있었는데, 교감 선생님과 대화하고 있었다. 학교의 연락을 받고 온 것이었다. 그때 담임교사가 염려 가득한 얼굴로 내게 말했다.

　"경위님, 아버님이 이상해요. 애가 죽겠다는데 절대 그럴 일 없을 테니 그냥 돌려보내래요."

　아이의 아버지는 수많은 부모님을 상대한 나조차도 주저하게 만드는 대상이었다. 설마 싶었지만, 예상대로 이야기가 통하지 않았고, 내가 무슨 말만 하려 하면 화를 냈다. 그 모습을 지켜보던 장학사가 답답했던지 한마디 했다.

　"아버님, 절대 그런 일이 일어나서는 안 되겠지만, 제가 담당하던 아이가 올해만 벌써 2명이나 목숨을 끊었어요. 그런 일을 예방하기 위해 저희 같은 사람이 있는 거고요."

나, 그리고 부모와 싸우는 아이

아이의 이름은 정우였다. 짙은 화장을 하고 있어 한눈에 봐도 특이했는데, 학교 밖에서는 여자가 입는 블라우스와 스커트 그리고 스타킹까지 신고 신나게 뛰어다닌다고 했다. 그것도 남자만 다니는 남학교에서. 그랬다. 정우는 우리가 흔히 말하는 성 소수자였다.

얼마 전에는 다리 위에서 강으로 뛰어내리기도 했다. 그래도 수심이 얕아 병원으로 옮겨져 생명을 건졌다. 그 뒤 다니던 학교에 계속 다닐 수 없어 지금의 학교로 전학했고, 모든 정황을 알고 있는 상담사는 정우가 또 자살 시도를 할까 봐 예의주시하고 있었다.

가장 큰 문제는 부모의 안일한 태도였다. 당연히 학교 입장에서는 불안할 수밖에 없었다. 급기야 정우를 담당하는 상담사는 내게 "경위님, 정우 문제로 너무 불안해요. 전문 상담을 하든, 강제 입원을 시키든 해야 합니다. 제발 아버님 설득 좀 해주세요."라고 간곡히 부탁했다.

모든 문제의 발단은 정우가 성 정체성에 혼란을 겪으면서부터였다. 지역에서 재력가였던 아이의 아버지는 그 사실을 알고, 사회적인 체면 때문에 정상적인 검사와 치료 대신, 종교시설을 찾아다니며 민간요법을 택했다. 하지만 중학생이 되도록 아이에게 변화가 없자 폭력으로 이어졌다. 이는 정우 부모에게만 나타나는 현상은 아니다. 청소년 성 소수자 위기 지원센터 '띵동'에서 발표한 통계에 따르면, 청소년 성 소수자 32% 이상이 가족 갈등과 학대를 겪고 있으며, 약 35%가 가정에서 벗어나고 싶어 하는 것으로 조사됐다. 다시 말해, 부모 대다수가 내 아이가 성 소수자라는 사실을 쉽게 받아들이지 못하고 있다.

상담 전문가는 부모가 너무 권위적일 때 정우와 같은 경향을 보일 수 있다고 했는데, 정우는 날이 갈수록 어른들을 걱정시키는가 하면, 주변 친구들을 불편하게 만들었다. 가령 "오늘 학교 안 가는 날인데 심심해요, 저랑 만나주실 분 있나요?", "저는 울산에 사는 고딩인데, 애인 찾아요. 연락주세요."라며 동성애자 카페 자유게시판을 드나들면서 성 파트너를 찾은 것이다. 결국 정우는 동성과 잦은 성관계로 항문에서 이물질이 계속 흘러나와 바지를 흥건히 적실 정도라고 했다.

학교 내에서의 행동도 예삿일이 아니었다. 체육 시간에는 벤치에 앉아서 친구들을 구경했고, 쉬는 시간에는 화장실에서 소변보는 아이들의 성기를 몰래 훔쳐보는 일이 비일비재했다. 이 때문에 불편을 호소하는 학생들의 신고와 학부모들의 민원이 끊이질 않았다. 이 같은 상황에 학교에서는 퇴학 또는 강제 전학을 시켜야 했는데, 그때마다 정우가 극단적인 선택을 하겠다고 하니 이러지도 저러지도 못하는 처지였다.

학교에서 요청한 SOS

끝내 정우 문제로 교장 선생님까지 나서서 나에게 아버지 설득을 부탁했다. 그도 그럴 것이 학교를 책임지는 입장에서 피해 학생들에게 미치는 영향을 고민하지 않을 수 없었다. 학교 측의 간절함에 나는 정우 부모님에게 연락했다. 앞서 정우 아버지를 만나 성향을 알고 있었던지라 조심스러웠지만, 부모 모두 지역에서 알아주는 재력가라서 대화로 해결할 수 있을 것이라는 기대가 있었다. 그러나 나의 끈질긴 요청에도 정우 어머니는 끝내 외면했고, 아버지는 어렵게 시간을 내주었다.

정우 아버지는 그동안 답답한 마음을 털어놓을 곳이 없었는지, 2시간 넘게 하소연했다. 비록 전화 통화였지만 그동안 가족이 겪은 고통이 고스란히 전해졌다. 특히 정우 아버지는 갖은 노력에도 정우 문제가 해결되지 않았음에 상담사를 원망했고, 따뜻하게 품어주기는커녕 다른 학교로 보내려고만 하는 학교와 지역사회를 향한 불만이 가득했다. 그래서인지 모든 것을 불신했고, 문제를 해결하기보단 남의 탓을 했다. 그 와중에 느낀 것은 정우 아버지가 정우의 문제를 누구보다 잘 알고 있었다는 사실이다. 그런데도 해결책이 없었고, 문제점만 지적하는 사회에 미움이 커졌다. 더더군다나 그런 속마음을 어디에도 해소할 곳이 없어 애만 태워 왔음이 머릿속에 그려졌다.

대화가 끝날 무렵 정우 아버지는 "이야기 들어주느라 고생 많았습니다. 다음 주까지 다른 지역으로 전학 갈 학교를 알아보겠습니다."라고 했다. 알고 보니 정우는 이미 전학 갈 준비를 마친 상태였다. 나는 이 사실을 학교에 알렸다. 교장 선생님과 상담사는 연신 고맙다고 했지만, 왠지 씁쓸했다. 아이는 이제 몇 개월만 지나면 학교를 졸업하고 사회인이 된다. 학교에서의 문제는 사라졌지만, 아이의 미래가 걱정스러웠다. 또 나는 아무것도 한 게 없었다. 그저 2시간 동안 아이 아버지의 이야기를 들어준 것밖에는.

한국 청소년상담원의 조사 결과에 의하면 자신에게 동성애적 성향이 있을 것이라고 고민해본 청소년이 11%에 달했고, 이 수

치는 꾸준히 늘어나고 있다. 청소년기에 성적 정체성에 대한 혼란과 고통이 크고, 이 시기에 형성된 성적 정체성이 지속될 가능성이 커 전문가들은 청소년 동성애에 관해 관심을 가져야 한다고 주장한다. 이러한 관점에서 정우의 사연이 예사롭게 다가오지 않았고, 오랜 여운이 남았다.

4. 쓰레기 더미 속에서 찾은 보석

쓰레기 속에 사는 삼 남매

하루는 몇 해 전 담당했던 학교의 교감 선생님에게서 전화가 왔다. 다름 아니라 현재 내가 맡은 학교의 교장으로 부임했는데, 내가 담당 SPO인 것을 확인하고 연락한 것이었다.

"안녕하세요, 김 경위님, 저 ○○학교 교감이었던 ○○○입니다. 덕분에 도움을 많이 받았는데 여기서 또 뵙네요. 이 부근 지날 때 학교 좀 들러 주세요."

나는 반가운 마음에 한달음에 학교를 찾았고, 안부를 주고받는 가운데 교장 선생님이 채은이 삼 남매에 관한 이야기를 꺼냈다. 삼 남매는 출석 일수로 여러 차례 유급됐으며, 그중 맏이인 채은이는 같은 학년만 3년째라고 했다. 학교생활을 제대로 했다면 고등학생이 됐을 나이였다. 담임교사가 가정 방문을 갔다가 놀라서 뛰쳐나온 일도 있다고 하고, 어찌 된 영문인지 알아보기 위해 지역 행정복지센터의 사회복지사 도움을 받아 채원이네 집을 방문했다.

　채은이네 집은 말 그대로 쓰레기장이었다. 집 안에는 먹다 남은 음식물 쓰레기로 악취가 진동했고, 온갖 잡동사니 사이로 바퀴벌레가 기어 다니고 있었다. 그런데도 그 누구도 치울 생각을 하지 않는데, 알고 보니 어머니가 심한 우울증으로 집안일을 할 수도, 아이들을 돌볼 상태도 아니었다. 또 5인 가족의 수입은 기초생활 수급 대상자로 정부에서 받는 지원금과 아버지가 일용직으로 벌어들인 100만 원 남짓한 월급이 전부였다.

　이런 열악한 여건이었음에도 채원이 삼 남매는 더할 나위 없이 밝았고, 가족들은 제삼자의 도움을 받는 것을 꺼렸다. 믿을 수 없는 상황이었다. 하지만 이유는 단순했다. 부모는 무기력에 빠져 있었고, 아이들은 10여 년을 그러한 상황에서 단 한 번도 벗어나 본 적이 없었기 때문이다. 못 먹어 깡마르고, 씻지 못해 꾀죄죄한데도 당연하게 받아들이고 있었다.

쉼터 보내기 대작전

　더 심각한 사실은 서로 떨어지지 않으려고 한다는 것이었다. 게다가 채은이는 2차 성장을 지나 성인이 되어가고 있었다. 더 이상 온 가족이 함께 지내는 단칸방에 있게 할 수 없었다. 더더군다나 채원이 삼 남매로 인해 학교에서 안고 있는 고민도 있었다. 이유인 즉, 아이들이 제대로 씻지 않아 악취가 나 학생들이 불만을 제기했고, 이로 인한 학부모의 민원도 잦았기 때문이다. 그렇다고 학교에서 잠자코 있었던 것은 아니다. 교장 선생님이 아이들을 데리고 가서 씻겨도 보고, 끼니를 잘 챙기지 못하는 것이 염려되어 급식을 따로 챙겨주기도 했다. 하지만 근본적인 원인이 해결되지 않아 같은 문제가 반복됐고, 안타까움만 커졌다.

　누군가는 결단을 내려야 했다. 마음 같아서는 강제로라도 아이들을 쉼터에 보내고 싶었지만, 절차상의 문제가 있었다. 그에 더해 좀처럼 떨어지려고 하지 않는 아이들과 억지로 붙잡고 있는 부모를 설득해야 하는 숙제도 있었다. 약 한 달의 실랑이 끝에 쉼터에 보내도 된다는 동의를 받았다. 그런데 넘어야 할 산이 다시 나타났다. 삼 남매가 절대로 떨어질 수 없다고 버티고 나선 것이다. 언제나 붙어 다녔고, 동생들이 누나인 채은이를 지켜줘야 한다는 책임감이 워낙 큰 데서 발생한 일이었다.

그래도 남녀가 같은 공간에서 지낼 수 없다는 현실을 받아들여야 했다. 그렇게 채원이 삼 남매는 만나는 날짜를 지정하고 각자의 쉼터로 갔다. 그와 더불어 아이들은 제대로 관리받으며 학교에 다닐 수 있게 됐다.

채원이네 남은 과제가 하나 더 있었다. 바로 집을 정비하는 작업이었다. 채원이 삼 남매가 쉼터에 들어간 뒤, 아이들의 어머니는 우울증이 더 깊어져 병원에 입원한 터라 마침 집도 비었다. 많은 손길이 모여 하루 만에 집 안에 쌓인 3톤가량의 쓰레기를 치우고, 소독까지 마쳤다. 또 구청의 지원을 받아 도배와 장판도 새로 하고, 재활용센터에서 지원한 가구를 들였다. 비록 오래됐지만 새 단장을 마친 집을 보고 있으니, 기분 좋은 일이 생길 것만 같았다.

새싹처럼 피어난 꿈

며칠 후 나는 채은이를 만나기 위해 쉼터에 방문했다. 채은이는 깨끗하게 씻고, 머리를 단정하게 잘라 완전히 다른 사람이 되어 있었다. 표정은 그 전보다 더 밝아 보였고 말이다. 그런 채은이는 좋아하는 빵을 실컷 먹을 수 있는 빵집에서 일하고 싶다고 했다. 이에 나는 제빵학원 왕 원장에게 연락했다. 그는 수년째 방황하는 청소년을 대상으로 제빵사와 바리스타 자격 취득을 돕는 일을 해왔다, 내게 "경위님, 혹시 제빵사나 바리스타가 되고 싶어 하는 아이들을 만나면 언제든지 데리고 오세요."라고 한 적이 있었던 터였다. 그때부터 채원이는 빵 만드는 기술을 배웠다. 삼 남매 중 둘째도 요리사가 되고 싶다며, 무작정 찾아간 요리학원의 도움으로 자격증을 땄다. 이렇게 각자 원하는 삶을 가꾸며 잘 지내는 모습을 확인하고는 한동안 소식을 듣지 못하고 지냈다.

몇 년이 흘렀을까. 모처럼 가족과 백화점에 들러 주말을 즐기고 있는데, 한 베이커리를 지날 때 예쁘장하게 생긴 아가씨가 나를 덥석 안는 것이 아닌가. 아내는 의심의 눈초리로 쳐다보고, 나는 아무리 봐도 누군지 알 수 없어 난감해지려던 찰나 그 아가씨가 "선생님, 저 채은이예요."라고 하는 것이었다. 누가 봐도 아리땁고 성숙한 아가씨가 쓰레기더미 같은 집의 땟국 흐르던 아이라고는 상상조차 할 수 없었다. 더욱이 유명 백화점 베이커리의 유니폼을 입고 있으니 도저히 믿기지 않았다. 그런데 뒤이어 "저 본사로 발령받아 며칠 뒤에 서울로 가요."라고 하는 말에 나는 더 놀랐다. 순간 눈시울이 붉어졌다. 잘 성장해준 채원이가 고맙기도 했지만, 아이가 꿈을 이룰 수 있도록 도와준 왕 원장을 비롯해 그동안 아이를 돌봐준 선생님과 지역사회의 모든 일원에 대한 존경심이 밀려온 것이다.

　내 눈앞에 미래가 보일 것 같지 않았던 쓰레기 더미 속에서 악취가 진동하는 옷을 입고, 중학교를 5년씩이나 다닌 발달장애 여자아이가 어엿한 유명 프랜차이즈 베이커리 매니저가 되어 서 있었다. 그야말로 쓰레기 더미에서 찾은 보석 같았다. 또 한 아이가 변화하는 모든 과정을 직접 지켜본 나는 다시 한번 그 누구라도 위험에 빠진 아이를 지켜내는 일을 멈추지 않아야 한다고 생각했다.

5. 징검다리 역할을 해준 SNS

SNS로 기회를 얻은 야구소년

앞에서도 이야기했지만 나는 아이들의 눈높이를 맞추기 위해 SNS로 소통했다. 태영이도 그렇게 만난 아이였다. 친구들에게 나의 이야기를 들은 태영이는 나에게 "선생님, 저 다시 야구하고 싶어요."라는 DM을 보냈다.

당시 태영이는 부모의 이혼과 가정불화로 집 밖을 나돌며 비행을 저지르기 시작해 내가 담당하는 학교로 강제 전학 온 상황이었다. 대략의 정황은 들었지만, 태영이에 대해 조금 더 자세히 알고 싶어 전에 다니던 학교를 방문하기로 했다. 그런데 특이한 점이 있었다. 보통 강제 전학을 하더라도 같은 지역 내에서 이뤄지는데, 태영이의 이전 학교는 멀리 떨어진 부산이었다. 학교에서는 태영이의 재능을 아까워했던 야구 감독을 만날 수 있었다.

야구 감독에게 들은 바에 의하면 태영이는 초등학생 때부터 야구선수로 활동했고, 중학교로 진학한 후에는 전국대회에서도 두각을 나타낼 정도로 뛰어난 야구 실력을 뽐냈다고 한다. 이에 감독은 부모에게 태영이가 전학을 가더라도 야구를 계속할 수 있도록 해달라고 신신당부했고, 그 결과 야구부가 유명한 지금의 학교로 오게 된 것이었다. 그러나 안타깝게도 태영이는 결석을 밥 먹듯이 했고, 비행을 멈추지 않아 또다시 강제 전학의 위기에 처했다.

그러던 중 사건이 터졌다. 태영이가 늦은 밤, 부산의 한 교회 창문을 깨고 들어가 잠을 자고, 자판기를 털다가 비상벨이 울려 출동한 경찰관에게 붙잡힌 것이다. 으레 보호자에게 연락했지만, 태영이 부모님은 반복되는 비행에 지쳤다며, 마음대로 하라는 말만 남기고 전화를 끊었다. 학교에서도 난감했는지 나에게 도움을 청했지만, 난감하기는 나도 마찬가지였다. 하는 수없이 얼마 전에 만난 야구 감독에게 사정을 전했다. 고맙게도 야구 감독은 보호자를 자처하며 부산으로 내려가 아이를 데려왔다. 그리고는 "경위님, 이번 일로 태영이는 재판을 받겠지요? 태영이를 데려오긴 했는데 어떻게 할지 모르겠어요."라며 염려스러운 심경을 내비쳤다. 그렇다고 비행을 저지를 게 불을 보듯 뻔히 보이는데 부모에게 돌려보낼 수도 없는 노릇이었다. 그래서 나는 판사에게 청소년보호센터로 갈 수 있도록 선처해달라고 해보자며 안심시켰다. 그 뒤로 감독은 재판이 열릴 때까지 태영이를 정성껏 돌봤고, 재판에도 부모 대신 함께 출석해 청소년 회복센터로 갈 수 있도록 최선을 다해 도왔다.

법적으로 소년보호처분은 1호부터 10호까지 있는데, 보호 위탁을 한 사람 또는 기관을 기준으로 크게 세 유형으로 분류된다. 우선 1호는 보호자 또는 보호자를 대신할 사람에게 위탁하는 방법이고, 6호는 민간인이 운영하는 시설에 위탁하는 것이다. 그 외에는 7~10호로 국가에서 운영하는 격리 시설 즉, 소년원에 송치된다. 이때 1호 처분은 보호자에게 위탁할 수밖에 없는데, 소년 법정에 서는 아이들은 대부분 한부모 가정, 조손 가정 혹은 부모가 수감 중이거나 각종 질병으로 병원에 입원해 있는 경우가 많다. 한마디로 가정으로 돌아갈 경우, 부모가 제대로 보살필 여력이 되지 않아 재비행할 확률이 높다. 이를 예방하고자 마련한 것이 사법형 그룹홈으로 대개 '청소년 회복센터'라고 부르고, 주로 운영자 부부와 5~10명의 아이가 함께 생활한다. 태영이는 이러한 대가족 환경에서 안정을 되찾았다. 태영이는 SNS를 통해 도움을 요청했고, 그 재능을 알아본 야구 감독과 회복센터 등 여러 사람의 도움을 받아 다시 야구선수로 활동할 기회까지 얻었다. SNS로 살려낸 아이가 탄생한 것이다.

6. 외톨이가 된 빨강 머리 소녀

딸아이를 구하기 위한 아빠의 SOS

학교 밖 청소년이란, 학교에 다니지 않는 청소년을 말한다. 일반적으로 10대라면 초·중·고등학교에 다니지만, 모든 아이가 학교에 다니는 것은 아니다. 사회에 진출하기에는 어리고, 학교를 벗어나 있는 사각지대에 있는 아이들. 하지만 어디서 무엇을 하고 있는지 확인조차 되지 않는 아이들. 그렇다고 교육기관에서도 정확한 수치를 알 수 있는 것도 아니다. 경찰이 이들에게 관심을 가지는 이유가 바로 여기에 있었다.

나는 이들을 찾아 지원하는 일명 '아웃리치 활동'을 하고 있었다. 그리고 몇 차례 방송 출연으로 SNS에서 유명세를 타게 된 것을 활용해, 학교밖청소년법을 찾아 도움을 준다는 내용의 글을 올려 홍보했다. 이를 본 한 아이의 아버지로부터 장문의 문자를 받았다.

　사연의 주인공은 8살 때 교통사고로 엄마를 잃고, 아버지와 단둘이 살아가는 미정이였다. 미정이는 스스로 학교를 그만둔 뒤 머리를 빨갛게 염색하고 다녔다. 사람들은 그런 미정이를 보고 "빨강 머리"라고 불렀다. 그리고 아이는 은둔형 외톨이가 됐다. 학교를 그만둔 이후로 줄곧 혼자 집에서만 생활했고, 침대와 한 몸이 되어 무기력하게 하루하루를 보냈다. 이 모습을 지켜보던 아이의 아빠가 답답해서 나의 SNS 글을 보고 연락한 것이었다.

입을 닫고 집으로 숨은 아이

　아이는 늦은 밤 친구들을 만나기 위해 잠시 외출하는 것 외에는 온종일 집에만 있었다. 밤낮이 뒤바뀐 생활과 인터넷 게임 중독에 빠져, 사회와의 접촉이 완전히 차단된 상태였다. 아이는 심각한 대인기피증과 우울증에 빠져 있었고, 최근에는 종종 소리를 지르거나 욕설을 하는 등 폭력적인 성향까지 보이고 있었다.

　아이는 대체 왜 이렇게 됐을까? 아버지 말로는 미정이가 처음부터 이런 행동을 보인 것은 아니라고 했다. 누구보다 밝고, 착한 아이였다고 했다. 이에 희망을 안고 미정이를 위해 여러 상담소를 찾았지만, 아이가 왜 학교를 그만두었는지도, 왜 외톨이가 되어 집에서만 생활하게 됐는지도 알아내지 못했다. 결국 나는 정보를 얻기 위해 미정이가 다녔던 학교를 찾아 담임교사와 같은 반 아이들을 만났지만, 원인을 찾지 못하긴 마찬가지였다.

그러다 우연히 학교 밖에서 미정이와 같은 학원에 다니며, 어울려 다닌 무리를 만나 새로운 사실을 듣게 됐다. 아이는 여러 친구와 친하게 지내며, 밝고 활동적인 성격이었다고 한다. 그러던 어느 날, 한 아이의 남자친구에게 잘 보이려고 했다는 이유로 늦은 밤 건물 옥상으로 끌려가, 친구들이 보는 앞에서 속옷 차림으로 무릎을 꿇고 빌게 된 사건이 벌어졌다. 게다가 온몸에 빨갛게 케첩까지 뿌리고, 그 장면을 촬영해 돌려보며, 놀려대기까지 했다. 아이들의 따돌림과 괴롭힘은 그 이후에도 계속됐고, 학교나 가정에서도 해결될 것 같지 않았던 미정이는 입을 닫고 집으로 꼭꼭 숨어버린 것이었다.

흔들리지 않고 피는 꽃은 없다.

아이를 집 밖으로 끌어내기 위해 우리는 멘토를 지정하고, 정기적인 만남으로 땀 흘리며 활동하는 프로그램을 계획했다. 그리고 지역 내 기업체의 지원과 대안학교, 청소년 선도단체 등도 함께 참여했다. 그렇게 아이와 조금씩 신뢰를 쌓아갔다. 항상 느끼지만 드세게 보이거나 무관심한 척하는 아이들도 1:1로 여러 번 만나다 보면, 아직 여린 소년·소녀일 뿐이다. 미정이 역시 우리의 관심에 '이러다 말겠지.'라며 퉁명스러운 태도로 일관하다가, 프로그램이 끝난 후에도 연락하며 변하지 않자, 조금씩 입을 열기 시작했다.

미정 : 선생님 제 잘못이 아니었어요. 저 그때 너무 힘들었어요. 죽으려
      고도 했지만, 용기가 나질 않았어요.
나 : 잘했다, 잘했어. 얼마나 힘들었니?

그런 미정이는 꽃을 좋아한다고 했다. 꽃을 보고 있으면 마음이 편안해진다고. 그래서 우리는 다음 프로그램 장소로 꽃 축제가 열리는 태화강 십리대밭을 찾았다. 아이와 마음이 통했을까? 미정이는 약속 시간보다 일찍 도착해 기다리는 적극성을 보이기도 했다. 그렇게 함께 커플 자전거도 타고, 꽃구경도 하며 잘 지냈다.

한참을 돌아다니는데 팻말 하나가 눈에 들어왔다. "꽃과 같은 청소년과 함께합니다." 그곳은 미정이처럼 범죄 또는 학교 폭력의 피해자나, 사회에서 소외되고 어려움을 겪는 청소년들을 위해 무료로 꽃을 배달하며, 정서적인 치유를 돕는 박 사장의 꽃집 홍보 부스였다. 그는 오래전부터 봉사활동을 하며, 필요한 사람들에게 무료로 꽃꽂이도 가르치고 있었다. 딱 미정이에게 필요한 사람이라는 생각에 곧장 두 사람을 연결했다. 그 후로 미정이는 박 사장의 도움을 받아, 예쁜 꽃을 실컷 보며 새로운 꿈을 키워나갔다.

'사막이 아름다운 것은, 어딘가에 샘이 숨겨져 있기 때문이다'

-생텍쥐페리-

몇 달 후, 미정이는 SNS로 메시지를 보내왔다. 거기에는 사진 한 장도 포함되어 있었다. 사진 안에서는 검은색으로 머리를 염색한 미정이가 직접 만든 꽃다발을 한 아름 안고 환하게 웃고 있었다. 흔들리지 않고 피는 꽃이 있으랴, 미정이는 많이 흔들린 만큼 뿌리가 튼튼하고, 건강한 꽃으로 자라고 있었다.

7. 거리의 간판을 유심히 보게 된 사연

주의가 필요한 특별한 아이

교육청에서는 「학교 폭력 특별점검단(이하 특별점검단)」을 운영하는데, 그 구성원으로는 담당 장학사, 교육청 상근 변호사 그리고 학생 지도 경험이 풍부한 교사 또는 경력이 많은 SPO가 포함된다. 특별점검단은 비상설로 열리는데, 학교에서 중대한 학교 폭력 사안이 발생한 경우 소집되어 현장에서 학교 폭력 문제 해결이 절차대로 진행됐는지, 문제점은 없는지 확인하고 점검하는 역할을 한다. 나도 그 일원 중 한 명이었다

특별점검단 활동이 있는 날이었다. 그날 사안은 교사가 학생을 폭행한 사건으로 시작 전부터 마음을 무겁게 했다. 사정은 이랬다. ADHD 판정을 받은 16살의 주민이는 특별교육 대상이었는데, 해당 교사가 지도하던 중 엉겁결에 폭행한 것이었다. 교사

는 사실을 인정하고 용서를 구했지만, 주민이의 어머니는 이를 받아들이지 않았다. 주민이가 이번 폭행으로 학교와 교사에 대한 두려움이 크고, 학교생활 적응에 어려움이 있다는 것이 이유였다. 또 학업을 중단한다는 의사도 밝혔다.

사실 주민이를 만난 건 그때가 처음이 아니었다. 반별강의에서 본 주민이는 맨 앞줄에 앉아 강의 내내 엉뚱한 질문을 했고, 끊임없이 나의 말에 대꾸했다. 강의를 순조롭게 이어갈 수 없을 정도였다. 그뿐만 아니라 강의가 끝난 후에도 나를 계속 따라다니며, 정신없이 질문했다. 그런 주민이의 태도가 심상치 않아 담당 교사에게 물었더니, 아니나 다를까 주의력 결핍증이 있어 교사마다 어려움을 호소한다고 했다. 게다가 평소 튀는 행동으로 친구 사이에서도 따돌림도 당하고 있었다. 이런 주민이를 경험 많은 교사가 의욕을 갖고 지도하다가 실수를 저지른 것이었다.

길을 안내해준 간판과의 인연

주민이 어머니는 주민이가 학교를 그만두면, 퇴사하고 집에서 아이를 돌보거나 대안학교를 알아보려고 한다고 했다. '과연 그게 최선의 방법일까?'라는 생각에 내내 마음이 쓰였다. 그러던

어느 날, 점심 식사 후 사무실 주변을 산책하다가 '○○스쿨'이
라는 처음 보는 간판이 눈에 들어왔다. 나는 호기심이 생겨 옆에
있던 동료와 함께 무작정 그곳을 방문했다.

　○○스쿨은 교육청 지정으로 피해 학생을 전담으로 대안교육
을 운영하는 위탁 교육기관이었다. 다시 말해 학교생활에 적응
하지 못하거나, 학업 중단 위기 학생 또는 학교 복귀를 준비하는
학생을 위해 마련된 곳이었다.

　나는 곧장 주민이 어머니에게 ○○스쿨을 안내했다. 그런데
주민이 어머니는 이미 그곳 존재를 알고 있었고 "거기는 3개월
단위로 연계하고 있어서 어차피 졸업하지 못할 거라면 학교에
보내고 싶지 않아요."라고 했다. 이에 나는 방법을 알아보겠다며
전화를 끊고, 주민이 사안으로 특별점검단에 참여했던 교육청 담
당 장학사에게 연락했다. 그리고 주민이가 졸업할 때까지 대안학
교에 다니는 방법에 대해 자문했다. 그랬더니 "주민이는 특별한
상황이라 졸업까지 본 학교의 학적을 그대로 두고 졸업할 수 있
어요."라는 반가운 답변이 돌아왔다. 그렇게 주민이는 학업을 중
단하지 않고 대안학교에 다닐 수 있었다. 두드리면 구한다는 말
이 있듯, 간절함으로 길을 찾았더니 해답이 기다리고 있었다.

곳곳에서 기다리는 따스한 손길

한편 앞으로 주민이가 안정적으로 생활하려면 심리치료가 요구됐는데, 어려서부터 많은 상담을 받아온 주민이는 그에 대한 거부감이 컸다. 이로써 새로운 방식의 접근이 필요했다.

때마침 '타로협회'가 경찰서 후문에 생겼다. 나는 동료들과 함께 새해 운수도 볼 겸 재미 삼아 타로협회를 들렀고, 거기서 진 회장을 만났다. 그는 타로를 이용해 진로 상담, 심리상담이 가능할 뿐만 아니라 아이들의 심리적 안정과 치료를 도울 수 있다고 말했다. 특히 지역사회 봉사 차원에서 아이들에게는 무료로 서비스를 제공하고 있으니, 필요한 아이들이 있다면 언제든지 보내달라는 소리는 나를 들뜨게 했다. 주민이에게 제격이다 싶었다. 나는 주저하지 않고 진 회장에게 주민이를 소개했고, 이 일을 계기로 거리의 수많은 간판을 유심히 보게 됐다. 혹시 어려움을 호소하는 아이들과 연계할 수 있는 보석 같은 곳이 없을까 해서였다.

SPO 활동을 하면서 매번 느낀다. 세상에는 청소년을 도울 수 있는 일이 생각보다 많음을. 또 그것이 어려운 것이 아님. 그저 본인이 가진 재능을 나누는 것으로도 자라나는 청소년에게는 큰 힘이 되는 덕분이다.

8. 유례없는 사연이 일어나는 현장

싱글 대디의 아픈 손가락

"경위님, 우리 우혁이 더 큰 범죄 저지르기 전에 교도소 좀 미리 보내주세요."

전화를 받자마자 흘러나온 한마디였다. 목소리의 주인공은 우혁이 아버지였다. 누구보다 아이를 아끼는 마음이 큰 분이었기에 놀라지 않을 수 없었다. 자초지종을 물어보니 계속 이어지는 아이의 비행에 걱정이 돼 몰래 휴대폰을 확인하다가 친구들과 주고받은 문자 메시지를 보게 됐고, 거기에 충격적인 내용이 있었던 것이다. 바로 같은 반 여자아이를 단체로 성폭행하자는 치밀한 계획이었다.

우혁이는 한부모 가정이었다. 우혁이 아버지는 어린 나이에 결혼해 우혁이가 태어나자마자 이혼했지만, 어려운 환경 속에서도 아이를 잘 키워보겠다는 의지가 강했다. 그런데 우혁이는 이런 아버지의 마음을 아는지 모르는지 커갈수록 엇나가기만 했다. 학교에서 발생하는 모든 폭력 사건에 이름이 빠지지 않을 정도로 크고 작은 문제를 일으켰고, 급기야 특별 관리 대상에 이름을 올렸다. 이에 우혁이 아버지는 생업에 위협을 느낄 정도로 학교에 불려 다니는 일이 잦았다.

늘 엄마의 빈자리를 채워주지 못한다는 생각에 아픈 손가락인 아이였지만, 이미 지칠 대로 지친 우혁이 아버지는 결단해야 하는 상황에 맞닥뜨린 듯했다.

아버지의 가슴 시린 선택

나는 우혁이 아버지에게 '소년 통고제'를 안내했다. 소년 통고제란, 보호자나 학교장, 사회복지시설 또는 보호관찰소장이 관할 법원 소년부에 직접 재판을 요청하는 제도로, 경찰이나 검찰 등의 수사 기관을 거치지 않고 바로 법원에서 조사 및 심의를 하므로 전과나 수사 기록을 남기지 않는 제도다. 그뿐만 아니라 법원의 결정에 따라 보호시설 입소 등의 조치로 최대한 빨리 범죄에서 청소년을 격리할 수 있는 장점이 있기에 권한 것이다.

그런데 실제로 부모가 직접 아이를 처벌해달라고 통고하는 경우는 소년 통고제가 생기고 단 한번도 없었다. 나는 이러한 사실도 함께 전달했는데, 우혁이 아버지는 완고했다. 가슴 아프지만 다른 대안이 없다고 판단한 듯했다.

그렇게 우혁이 아버지에게는 우혁이의 평소 행실에 대한 서술과 소년 통고제 동의서를 받고, 학교 담당 교사에게는 그동안 우혁이가 저질렀던 문제를 정리해 법원에 제출했다. 그 결과 우혁이는 소년 통고제를 통해 청소년 보호시설에 입소 처분을 받았다.

청소년의 미래는 어른들의 몫

나는 우혁이 사례를 지켜보면서 또 한 번 어른들의 관심과 올바른 선택의 필요성을 절실히 느꼈다. 우혁이에게 아무런 변화가 없을지도 모른다. 하지만 전담 판사의 엄중한 꾸중과 위로를 통해 반성하고, 일탈 상황에서 평범한 일상으로 돌아올 수도 있다. 그 누구도 아이의 미래를 예상할 수 없지만, 통제할 수 없을 만큼 심각한 범죄를 저지르지 않는다면 초기 단계의 비행은 충분히 방지할 수 있다.

그런 점에서 개인적으로 우혁이 아버지의 결정이 현명했다고 믿는다. 모쪼록 보다 많은 사람이 청소년들이 건전하게 성장할 수 있도록 애정을 갖고, 법적으로 보호받을 수 있는 부분이 있다면 적극적으로 활용했으면 하는 바람이다. 기회란 선택하는 사람에게 주어지는 법이므로.

9. 더 큰 꽃을 피우기 위한 흔들림

Wee센터에서 만난 효성이

나는 학교 폭력 가해 학생 특별교육을 위해 종종 Wee 센터로 향한다. 참고로 'Wee'는 'We+education' 또는 'We+emotion'의 합성어로 국내 학교, 교육청, 지역사회가 연계해 학생들의 건강하고 즐거운 학교생활을 지원하는 다중 통합 지원 서비스망을 일컫는다. 2008년부터 본격적으로 가동하면서 학교에서는 Wee클래스, 지역 교육지원청에서는 Wee센터, 시·도 교육청에서는 Wee스쿨이라는 이름으로 운영 중이다.

그 임무 중 하나가 학교 폭력 가해 학생 특별교육인데, '조치로서의 특별교육(법률 제17조 제1항 제5호)'과 '부가된 특별교육(법률 제17조 제3항)' 두 가지 경우가 있다. 전자는 가해 학생에 대한 조치로 학폭법 제17조 제5항의 처벌을 받아 학내·외 전문가에 의한 특별교육 이수 또는 심리치료이며, 후자는 학교 폭력 2호~4호, 6호~8호까지의 처분을 받은 가해 학생이 교육감이 정한 기관에서 받아야 하는 교육이다.

모두가 찌는 듯한 더위를 피해 여름휴가 가방을 쌀 때, 특별교육을 받기 위해 홀로 Wee센터로 온 아이는 여고생 효성이었다.

이유 있는 폭행 그리고 꿈

아이를 만나기 전 담당자로부터 효성이가 Wee센터에 오게 된 경위를 간략하게 들었다. 할머니와 단둘이 사는 효성이에게 같은 반 아이가 고아라며 비아냥거렸고, 이를 참지 못해 폭력을 행사했다고 했다. 상처받았을 아이 마음이 느껴져 안타까웠지만, 그래도 폭력은 잘못된 행동이니 올바르게 지도해야겠다는 다짐으로 상담실 문을 열고 들어갔다.

효성이는 미리 와서 기다리고 있었는데, 방학 기간에 교육을 받아야 했으니 짜증 날 법도 했을 텐데도 환한 미소로 나를 반겨줬다. 그렇게 약 2시간의 교육을 마치고 난 후, 효성이는 빨리 취업하고 싶다며 미용사가 되고 싶다는 이야기를 꺼냈다. 어려운 가정환경에도 꿈을 키워가는 모습이 대견해 한가득 응원해주고, 다음을 기약하며 헤어졌다.

나 : 효성아, 이제 더는 폭력은 안 된다. 꼭 미용사가 되어 다시 만나자.
효성 : 네, 선생님. 약속할게요! 그리고 우리 SNS로 친구해요. 제가 미용사가 되어 연락할게요.

약속을 지킨 꽃다운 소녀

SNS를 통해 서로의 안부를 묻고 지내던 효성이가 한동안 소식이 뜸했다. 그리고 몇 년 후, "저 기억하세요?"라며 SNS로 메시지를 보내왔다. 그렇지 않아도 어떻게 지내는지 궁금했던 나는 얼른 답장을 보냈다. 그랬더니 "저 미용실에서 일하고 있어요. 졸업하자마자 시작해서 이제는 직접 커트도 해요. 다음에 머리 자르러 오세요."라고 하지 않는가. 나와의 약속을 지킨 것이었다.

비록 순간의 감정을 억누르지 못해 폭행을 저질렀지만, 누군가와 한 약속도 지키고 목표한 꿈도 이룬 효성이를 보고 있으니 컬링 국가대표 김은정 선수가 했던 "우리가 이렇게 흔들리는 것은 더 큰 꽃을 피우기 위해서다."라는 말이 머릿속을 스쳤다.

10. 모든 출구는 다른 길로 향하는 입구

갈 곳이 없었던 창수

작년에 부산에서 전학을 온 창수는 계속해서 말썽을 부렸다. 교내에서 흡연으로 여러 차례 적발되어 사회봉사 처분을 받는가 하면, 학기 초인데도 매일 지각에 무단결석까지 해 1년 치 벌점을 초과했다. 그로 인해 며칠만 학교에 나오지 않으면 출석 일수 미달로 유급 처분을 받을 상황이었다.

이런 창수를 맡은 담임교사는 이제 막 임용고시에 합격해 학교생활을 시작한 신입 여교사였다. 게다가 창수 같은 말썽꾸러기가 많은 반을 맡아, 유독 나에게 문의 전화를 많이 했다. 하루는 담임교사가 퇴근하고 쉬고 있는데, "선생님, 아빠가 현관 비밀번호도 바꾸고, 내쫓았어요."라며, 창수에게서 급하게 전화가 온 모양이었다. 아이를 그대로 두면 학교로 돌아오게 할 방법이 없어 보였던 담임교사는 나에게 SOS를 요청했다.

나에게 창수를 찾는 것은 그리 어려운 일이 아니었지만, 창수를 찾으면 어떻게 할 것인지에 대한 대비책이 필요했다. 하지만 담임교사는 머뭇거릴 뿐이었다. 하는 수 없이 담임교사에게 우선 찾아보겠다고 약속했고, 몇 시간 뒤 OO PC방에서 창수를 보았다는 제보가 들어왔다.

낙동강 오리알이 된 아이

아이는 찾았지만, 아빠가 여전히 연락되지 않았다. 집에도 찾아가 봤지만 아무도 없었다. 바뀐 비밀번호 때문에 집에도 들어갈 수 없는 상황이었다.

아이는 3살 때 부모의 이혼으로 부산의 고모 집에서 생활했다고 했다. 그런데 고모가 말기 암 판정을 받아 병원에 입원하게 되면서, 아버지와 함께 생활하게 됐다. 그러나 아버지는 술만 먹으면 죽고 싶다며 신세 한탄을 하기도 했고, 창수를 폭행하고, 집 밖으로 내쫓기도 했다.

아이를 찾긴 했지만, 집에도 갈 수 없고, 그렇다고 내가 계속 데리고 있을 수도 없었다. 담임교사도 방법이 없긴 마찬가지였다. 더군다나 창수는 쉼터에 가는 건 죽어도 싫다고 했다. 그곳에서 요구하는 규칙과 질서를 지키며 지내느니, 차라리 아파트나 건물 계단이 더 편하다고 했다. 쉼터에 가더라도 아이의 동의 없이는 일시 보호만 가능했다. 부모가 계속 연락이 되지 않거나, 아이가 시설을 계속 나가겠다고 요구하면 내보낼 수밖에 없었다.

아이를 지켜주지 못한 어른들

밤이 깊어져 창수를 일단 쉼터에 보내기로 했다. 쉼터에 사정을 전하고 특별히 부탁했지만, 예상대로 아이는 곧장 쉼터를 나와 거리를 배회했고, 같은 상황이 반복됐다. 아이의 아빠를 만나는 게 급선무였다. 여러 차례 연락 끝에 어렵게 만난 창수의 아버지는 대낮부터 술에 잔뜩 취해 있었다. 나는 창수 아버지에게 어떤 일이 있어도 아이를 집 밖으로 내쳐서는 안 된다고 설득했다. 창수 아버지는 듣는 둥 마는 둥 하더니, 혼잣말을 계속 중얼거렸다. 얼핏 들으니 "할 수 있다."라고 하는 듯했다. 나중에 알게 된 사실이지만, 창수 아버지는 그 당시 무언가 중대한 결심을 하고 있었던 것 같았다. 그날 이후 얼마간 창수는 아버지와 집에서 생활하며, 학교에서 다시 볼 수 있었다.

하지만 그도 잠시, 담임교사에게서 다시 전화가 왔다. "경관님, 창수가 학교를 오다가 안 오다가 반복했지만, 연락은 됐는데, 어제부터는 학교도 안 나오고 연락이 끊겼어요. 어떻게 된 일인지 알아볼 수 있을까요?"라는 것이었다. 다시 찾은 창수는 또래 아이들과 거리를 헤매고 있었는데, 평소와 좀 다른 느낌이었다. 옷은 며칠 동안 갈아입지 않았는지 얼룩이 많이 묻어 있었고, 씻지 않은 지 오래된 듯 몸에서는 악취가 났다. 완전히 거지 꼴이었다.

알고 보니 창수 아버지는 극단적인 선택을 하고 달리는 화물차에 스스로 몸을 던졌는데, 병원 중환자실에 누워 있다가 얼마 후 세상을 떠났다. 하루아침에 창수는 고아가 됐고, 더는 창수를 학교로 돌아오게 할 방법이 없었다.

출구에서 찾아낸 입구

창수는 빨리 돈을 벌고 싶어 했다. 하지만 아직 나이도 어리고, 가진 기술도 없었다. 할 수 있는 것이라고는 치킨 또는 피자

가게 배달이 전부였다. 그런데 몇 차례 만나면서 창수가 자동차를 좋아하는 것을 알게 됐다. 특히 멋지게 튜닝된 자동차를 운전해보는 게 꿈이라고도 했다. 그때 창수처럼 청소년기에 어려움을 겪다가 최근에 자동차 튜닝 숍을 개업한 범준이가 생각났다. 범준이는 창수처럼 형사시절 내 손을 거쳤던 아이였다. 나는 무작정 범준이가 운영하는 가게에 수박 한 덩어리를 사 들고 찾아갔다.

나 : 범준아, 잘 지내나?

범준 : 형사님, 저 요즘 착하게 잘살고 있는데 무슨 일인교?

나 : 혹시 일하는 사람 안 필요하나?

범준 : 형사님, 그만두게요? 농담입니다. 안 그래도 종업원 근태가 엉망이라 바꿀 생각 중이었는데 잘됐네요. 좋은 애들 있습니꺼?

나 : 옛날에 니처럼 힘들어하는 아가 있는데, 얼마 전에 아버지도 돌아가시고 갈 곳이 마땅치 않다. 여기서 기술도 좀 가르치고, 데리고 있으면 안 되겠나?

범준 : 그래요? 잘됐네요. 갈 곳 없으면, 사무실에서 묵고 자면 됩니더. 잘은 못 먹어도 굶지는 않심더. 그리고 튜닝 기술 배워놓으면 먹고살 만합니더.

나 : 고맙다, 범준아.

범준 : 저도 어려울 때 형사님이 많이 도와줬다 아임니꺼. 델꼬 오이소.

그렇게 창수는 범준이와 함께 생활하며, 기술을 배우게 됐다. 몇 달 후 나는 창수가 입을 옷 여러 벌을 사 들고 다시 튜닝 숍을 찾았다. 범준이는 지방 출장을 가고, 창수 혼자 땀을 뻘뻘 흘리며 작업하고 있었다.

나 : 창수야, 할 만하나?

창수 : 네, 선생님. 저도 기술 배워서 튜닝 숍 차릴 겁니다.

나 : 그래, 범준이가 잘해주나?

창수 : 친형처럼 잘해줍니다.

나 : 그래, 힘들더라도 열심히 기술 배워라. 튜닝 숍도 꼭 차리고.

창수 : 네, 제가 나중에 선생님 차도 멋지게 튜닝해드릴게요.

나 : 그래, 그래. 하하하!

창수를 학교로 돌아오게 할 방법은 없었지만, 건강한 사회인으로 커 주길 바랐다. 또 톰 스토퍼드가 남긴 "모든 출구는 어디론가 향하는 입구이다."라는 명언처럼 창수가 학업은 중단했지만, 또 다른 새로운 시작이길 바랐다.

4장
너희는 소중한 존재야

1. 스스로 만드는 불가능 없는 세상

아무도 알 수 없는 가능성

위기에 빠진 아이 혹은 그런 자녀를 둔 부모와 나누고 싶은 스토리가 있어 지금까지 했던 이야기와는 다른 내용을 공유한다.

우리나라에서 스타벅스를 모르는 사람은 없을 것이다. 이는 해외에 나가도 마찬가지다. 이렇게 세계적인 커피 브랜드가 된 스타벅스는 시애틀 커피 박람회에서 만난 고든 보커, 제리 볼드윈, 지브 시글이 의기투합해 만든 데서 출발했다. 그들은 1971년 창업 당시, 미국 시애틀의 파이크 플레이스 마켓이라는 지역 시장에 자리 잡았으며, 그야말로 작고 평범한 아라비카 원두 전문점이었다.

이후 "누구나 고품질의 커피를 마실 수 있도록 하겠다."는 스타벅스의 철학에 공감한 하워드 슐츠가 합류했으나 관계는 오래 가지 못한다. 그가 구상한 프랜차이즈 사업이 창업자들의 생각과 맞지 않았기 때문이다. 그런데 얼마 후 기존 창업자들이 커피 원두 사업에 집중하기로 하면서 하워드 슐츠가 스타벅스를 인수했고, 지금과 같은 커피 프랜차이즈 브랜드로 거듭났다. 그 규모는 전 세계 77개국 2만 5,000여 매장이라는 어마어마한 수치를 자랑한다. 아마 현재도 어디선가 오픈 준비 중일 것이다.

더 놀라운 것은 스타벅스로 인해 수많은 사람이 '라떼'를 알게 됐고, 원가보다 몇십 배가 넘는 금액에도 커피를 사 먹게 하는 문화를 만들었다는 점이다. 커피 시장을 완전히 바꾼 셈이다.

역경을 딛고 일어선 강한 의지력

커피로 세계인의 인식을 바꿔놓은 하워드 슐츠의 인생은 어땠을까. 대부분 큰 성공을 이룬 사람이라면 탄탄대로를 걸었을 것이라 예상하지만, 하워드 슐츠의 어린 시절은 찢어지게 가난했다. 그의 아버지는 가족을 먹여 살리기 위해 트럭 운전을 비롯해 많은 일을 했지만, 사정은 좀처럼 나아지지 않았다. 당연히 임대 아파트의 단칸방 신세를 벗어나는 일도 불가능해 보였다. 설상가

상으로 하워드 슐츠의 아버지는 그가 7살 때 교통사고를 당하면서 더는 일을 할 수 없게 됐고, 가정 형편은 더욱 어려워졌다. 그로 인해 하워드 슐츠는 가난해지지 않으려고 안간힘을 쓴다.

가난을 극복하기 위해 하워드 슐츠가 선택한 것은 운동이었다. 미식축구 선수로 활동한 그는 혼신의 힘을 기울였고, 남다른 두각을 나타낸 그는 장학금을 받아 노던 미시간 대학에 입학했다. 명문 대학을 다니게 됐음에도 하워드 슐츠는 아르바이트를 꾸준히 이어갔으며, 그마저도 충족되지 않을 때는 피까지 팔았다.

이처럼 하워드 슐츠는 누구도 상상하지 못할 만큼 극심한 가난에 시달렸지만, 100조 원이 넘는 시장가치를 지니는 세계에서 가장 큰 커피 브랜드를 운영하고 있다.

성공으로 이끈 끈기와 긍정 마인드

하워드 슐츠는 본인의 성공 비결에 대해 이렇게 말한다.

"아무것도 없이 시작하더라도 큰 꿈을 이루는 것은 확실히 가능하다. 나는 부모님의 가난을 통해 절실함이 있었고, 어머니의 긍정적인 영향으로 무엇이든지 할 수 있다는 믿음을 갖고 단 한 번도 포기하지 않았다. 어려운 것은 있어도 불가능한 것은 없기 때문이다."

나도 커피를 좋아한다. 아니, 커피보다 스타벅스와 같은 커피 브랜드의 매장이 주는 편안함과 안락함을 더 좋아하는지도 모르겠다. 그래서 원가가 얼마 되지 않는 커피를 우리는 비싼 돈을 주고서라도 스타벅스 또는 수많은 커피 브랜드 매장을 찾는다.

커피를 파는 단순함을 떠나 새롭고 독창적인 복합공간을 만든 하워드 슐츠의 성공 뒤에는 가난과 217번의 거절 속에 탄생한 것이라 더욱 빛난다. 생활고를 겪던 부모님이 다툴 때마다 슐츠는 아파트 계단에 앉아 더 나은 삶을 상상하거나 운동으로 공포를 탈출했다고 한다.

이 같은 하워드 슐츠의 성공 스토리는 내가 현장에서 만나는 아이들에게 많은 것을 시사한다. 나는 그들에게 묻고 싶다. "혹시 돈이 없어서 피를 팔아야 할 정도로 가난했던 적이 있었나? 지금 네 꿈을 불가능하게 하는 것은 무엇인가?"라고. 아마 쉽게 대답하지 못할 것이다. 어려운 것은 있어도 불가능한 것은 없기에.

2. 타잔이라 불리는 아이

밀림에는 타잔, 학교에는 종원이

 도서관 건물 뒤편을 지나는데 교복 입은 아이 수십 명이 모여서 담배를 피우고 있었다. 예전 같으면 담배를 피우다가 어른이 보이면, 숨거나 도망치기에 바빴다. 하지만 요즘은 도망가기는커녕 째려보며 담배를 계속 피운다. 다른 어른들 같으면 못 본 척 가던 길을 갔겠지만, 나는 그럴 수 없었다. 내가 가까이 다가가자 경찰 제복을 입진 않았지만, 나를 알아본 몇몇 아이는 담배를 *끄거나* 슬금슬금 피했다.

아이 1 : 김주엽 아저씨다.

나 : 빨리 담배 꺼라. 느그들 여기서 교복 입고 담배 피면 되겠어?

아이 2 : 아저씨는 진짜 나쁜 애들은 잡지도 못하고, 왜 우리한테만 그래
  요. 타잔이나 잡아넣어요.

아이들 : 맞아요. 타잔 그 ×× 정말 나쁜 ×이에요.

나 : 타잔? 이름이 타잔이야?

아이 2 : 그냥 아이들 사이에서 타잔이라고 불러요.

나는 그때 종원이의 존재를 처음 알았다. 종원이의 아버지는 지역에서 알아주는 부동산 재력가로, 지역 공무원은 물론 동네 불량배 사이에서도 이름만 대면 알 수 있을 만큼 꽤 유명했다. 종원이 생일에는 연예인이 생일파티 사회를 봐줄 정도였다고 한다. 또 중학생이 되어 학교에서 괴롭힘을 당하자, 종원이 아버지에게 부탁받은 조직폭력배가 학교를 찾아간 일화도 있었다고 한다. 이야기를 듣고 나니 아이들이 종원이를 왜 타잔이라고 부르는지 알 것 같았다. 밀림에 가면 타잔이 왕 노릇을 하듯이, 아이들 사이에선 종원이가 왕처럼 군림하고 있었다.

그 뒤로는 학교 안에서든 밖에서든 아무도 종원이를 괴롭히거나 건드리는 아이들이 없었다. 그렇게 종원이 아버지는 외동아들인 종원이가 해달라는 건 뭐든지 다 해줬고, 종원이는 아무런 부족함 없이 자랐다. 그런데 아낌없이 주는 나무처럼 언제나 그 자리에 있을 것 같은 아버지가 갑자기 병으로 세상을 떠났다. 그 많던 종원이의 아버지 재산도 순식간에 사라졌고, 빚쟁이들이 집으로 찾아와 어머니를 괴롭혔다. 그때부터 종원이의 방황이 시작됐다.

비행을 부추긴 외모와 덩치

종원이는 유난히 덩치가 크고, 조숙했다. 머리에 노랗게 염색하면, 성인이라고 해도 믿을 정도였다. 그런 외모도 종원이의 비행에 큰 몫을 차지했다. 아닌 게 아니라, 또래 아이들은 그런 종원이에게 담배 심부름도 시키고, 찜질방에서 잘 수 있도록 보호자 행세를 해달라고도 했으며, 부모님 몰래 가져온 귀금속을 팔아달라는 등의 부탁을 했다. 놀랍게도 그때마다 다들 종원이의 속임수에 넘어갔다. 실제로 종원이에게 금을 팔았던 금은방 주인은 "신혼부부인데 결혼반지가 마음에 들지 않는다."라며 반지를 들고 온 종원이의 자연스러운 태도에 꼼짝없이 속았다고 했다.

또래 아이들은 그런 종원이와 함께 노는 것이 너무 재미있어 종원이를 찾아다니기도 했다. 그런 종원이가 오토바이를 훔치는 방법을 알게 되면서 기동력이 생겼고, 비행도 걷잡을 수 없이 커졌다. 급기야 본인이 직접 나서서 비행 청소년들에게 담배를 대신 구매해주거나, 금을 팔아주고, 지역 전역을 돌아다니며 수수료도 받았다. 때로는 중간에서 돈을 가로채 도망가기도 했다. 이런 소문이 퍼지면서 비행을 저지르는 아이들 사이에선 타잔을 모르는 아이들이 없었고, 피해를 보는 아이도 많아지기 시작했다.

피해자들의 신고로 경찰에 적발되어 여러 차례 경찰조사를 받기도 했지만, 만 14세가 되지 않는 촉법소년이라 매번 보호처분 대상자로 우선 귀가 조치 되었다. 하지만 그런 일이 반복되자 지금까지의 사건을 모두 합쳐 소년재판 받게 됐다. 재판 날짜를 기다리던 종원이는 이번에는 소년원 송치 처분을 피하지 못할 것을 예상하고, 마지막으로 신나게 놀아야 한다며, 밤늦게 술에 취해 비틀거리는 아저씨들의 뒤통수를 미리 준비한 몽둥이로 때리고 지갑을 훔치는 일명 '퍽치기'도 서슴지 않을 정도로 더 대담하게 비행을 저질렀다. 더 큰 범죄를 막기 위해서 종원이를 빨리 찾아야 했다.

죽기 살기로 도망 다니는 아이

종원이를 찾기란 쉽지 않았다. 오토바이를 타고 다녀 눈앞에서 놓치기도 했고, 성숙한 외모 탓에 찜질방 또는 PC방에서 숨어 지내는 아이가 도무지 눈에 띄지 않았기 때문이다. 게다가 경찰이 자기를 찾아다닌다는 것을 눈치챈 종원이는 더 이상 찜질

방과 PC방을 이용하지 않았다. 대신 SNS로 아이들과 연락해서 돈을 벌어야 했기에 24시간 와이파이가 잘되는 병원 로비와 대기실을 찾아다녔다. 또 수사에 혼선을 주기 위해 한곳에 오래 머무르지 않고 여러 장소를 옮겨 다녔다. 이에 나는 또래 아이들을 이용해서 SNS로 담배를 사달라고 유인한 후, 주변에 숨어서 기다려도 봤지만, 종원이는 오토바이를 타고 근처를 몇 바퀴 돌며 눈치를 살피다가 약속 장소를 다른 곳으로 바꾸는 치밀함을 보이기도 했다. 많은 비행 청소년을 상대했던 나 또한 놀라지 않을 수 없었다. 과연 저 아이가 만 13세 중학생 2학년이 맞나 싶었다.

하는 수없이 나는 또래 아이들에게 타잔을 잡으라는 특명을 내렸다. 짜장면이나 피자 같은 포상을 걸기도 했다. 아이들은 같이 비행을 저지르다가도 감정이 상하거나, 마찰이 생기면 다투는 경우가 많아 이런 방법이 효과를 보기도 했던 터였다.

그날도 여느 때와 마찬가지로 일과를 마치고 퇴근한 후 잠을 자고 있었다. 새벽 1시쯤 전화벨이 울렸다. 종원이가 지금 OO PC방에 있다는 제보였다. 신출귀몰한 종원이를 보았다는 아이들의 제보는 매일 있었다. 그러나 실제로 알려준 장소에 가보면 이미 다른 곳으로 이동하고 없는 경우가 많았다. 하지만 이번엔 좀 달랐다. 종원이와 가장 친했고, 가장 많이 어울려 다니던 아이의 제보였다. 그 아이는 종원이와 PC방에서 게임을 하다가 다투게 됐고, 홧김에 나에게 전화했던 것이었다. 드디어 종원이를 찾았다. 가까이서 종원이를 처음 본 나는 내 눈을 의심했다. 큰 덩치에 굵은 머리, 정말 20대 중반으로 보였다. 종원이가 이렇게 오랫동안 잡히지 않고 도망 다닐 수 있었던 이유를 알 것 같았다.

독으로 돌아온 사랑

그 후, 종원이는 본인의 예상대로 소년원 송치 처분을 받았다. 그리고 나는 종원이 집에 방문해 어머니에게 종원이의 환경을 바꾸어 주는 것이 어떠냐고 제안했다. 종원이 어머니는 내 말에 공감하고, 여러 차례 전학을 생각해보았지만, 이미 지역에서 유명세를 치른 종원이는 주변에서도 가만히 놔두질 않았다.

종원이 어머니는 고민 끝에 큰 결단을 내렸다. 종원이를 필리핀 대안학교에 보내기로 한 것이다. 등록금이 한 달에 약 80만 원이지만 돈이 아무리 많으면 뭐 하느냐며, 아이를 위해 입학을 결정했다. 그곳에선 아이가 잘못을 저지르면 처벌도 한다는 동의서를 받는다고 했다. 그렇게 종원이가 필리핀으로 떠난 후 아무도 종원이를 볼 수 없었다.

종원이의 사례를 보면서 아이를 그렇게 괴물로 만들었던 것은, 아이가 해달라는 대로 무조건 다 해주고 보는 부모의 지나친 정이었다. 아이를 진정으로 사랑한다면, 무조건 잘해주는 것이 아니라 아이가 한 사회의 구성원으로서 잘 성장할 수 있도록 도와주어야 함을 절실히 느낀 계기였다.

3. 학교까지 난입한 조직폭력배

수업 중인 교사를 폭행한 조폭

"경위님, 어딘교? 빨리 와주이소. 지금 깡패가 교실에까지 들어와서 팔뚝에 문신을 보여주면서 애들을 겁주고, 수업 중인 교사 멱살을 잡고 난리도 아입니더. 경찰이 2명이나 왔는데도 해결이 안 돼요."

햇살 좋은 가을날, 내가 담당하는 학교에서 걸려 온 전화기 너머에서 들려온 소리다. 마른하늘에 날벼락이 없었다. 심상치 않은 상황임을 인지하고, 바로 현장으로 출동했다.

학교에 도착해 모든 전후 사정을 들어보니, 상습적으로 학교폭력 피해를 입은 아이의 아버지가 학교에 여러 차례 이야기해도 해결되지 않으니 조직폭력배(이하 조폭)에게 도움을 요청한 것이었다. 이에 부탁을 받은 조폭은 술을 마신 뒤 수업 중인 교실에 난입해 피해 학생 아버지의 요구대로 가해 학생을 위협했고, 제지하는 교사의 멱살을 잡고 흔든 사건이었다. 말 그대로 뉴스에서나 볼 법한 충격적인 장면이었다.

신고를 받고 출동한 경찰은 해당 학교가 사립학교라서 공무집행방해죄가 아닌 단순 업무방해죄만이 성립되며, 상대방 처벌을 위해서는 피해자 진술이 필요하다고 했다. 그러나 피해자인 교사는 병원으로 간다고 나간 후 연락이 되지 않았다. 출동한 경찰도 난감하기는 마찬가지였다.

학교 폭력 대응 신종 해결사

잊을 만하면 발생하는 크고 작은 학교 폭력 문제의 심각성은 온·오프라인을 가리지 않는다. 불과 몇 년 전까지만 해도 교실 안팎에서만 이뤄지던 학교 폭력이 문명의 발달로 최근에는 각종 SNS로 영역이 확산하고 있다.

이로써 학교 폭력 전문 변호사는 기본이고, 학교 폭력 흥신소, 학교 폭력 삼촌 등 신종 직업이 생겨났다. 이 사실은 언론에도 보도돼 학교 폭력 대응에 대한 대중의 이목을 집중시켰다. 이 가운데 '학교 폭력 삼촌'은 쉽게 말해 조폭이 개입해 학교 폭력을 해결하는 방식인데, 이들은 가해 학생을 겁주는 것뿐만 아니라 재판에 유리한 증거를 모으기 위해 폭행 현장 사진을 촬영하고 가해 학생 부모의 직장에 찾아가 협박을 하기도 한다고 한다. 심지어 효과가 좋아 서비스의 인기가 높다는 말에 의아했는데, 직접 눈앞에서 보게 될 줄은 몰랐다.

이 일을 계기로 나는 학교 폭력으로 피해받는 학생과 그 부모의 고통을 새삼 체감했고, 이렇게라도 해결하고 싶은 피해 가족의 간절함이 고스란히 전해졌다.

학교 폭력 근절을 위해 해야 할 일

위에서 말한 불법적인 요소를 동원하지 않더라도 학교 폭력을 해주는 기관으로 '두이컴퍼니'라는 곳이 있다. 이곳에서는 24시간 상담 서비스를 가동하는 것은 물론 가해 학생을 파악해 입수한 각종 정보를 바탕으로 통합 플랜, 1:1 맞춤형 플랜 등을 구축함으로써 문제를 해결한다.

이렇게 시스템이 갖춰져 있는데도 불구하고 조폭의 힘까지 빌리게 된 이유는 무엇일까. 학교 폭력의 강도는 날로 높아지고 그에 따른 피해도 늘어나는데, 정작 그것을 해결해야 하는 학교가 제 기능을 하고 있지 못하기 때문 아닐까. 피해 학생의 가족은 강력한 처벌로 재발방치대책을 마련해 주라고 요구하지만, 학생들에게는 솜방망이 처벌에 그칠 뿐이니 폭력이 근절되지 않는다고 입 모아 얘기한다. 게다가 일부에서는 학교가 체면을 챙기느라 폭력 사건을 축소·은폐하려고까지 하니 이런 사적 제재를 키웠다고 주장하기도 한다.

방법이 잘못됐지만, 한편으론 어떻게 해도 아이의 문제가 해결되지 않아 답답한 부모의 마음도 이해된다. 생각할수록 안타까워 가슴 한편이 저려온다. 이러한 이유로 학교에만 책임을 물을 것이 아니라 지역사회에서도 학교 폭력 문제 해결을 위해 좀더 관심을 기울이고, 실효성 있는 방안을 제시하는 동시에 실행으로 옮기는 적극성이 필요하다.

4. 일생을 따라다니는 학교 폭력

소송 준비 중인 아버지

나는 아침마다 향긋한 커피를 마시는 행운을 누리고 있다. 같이 근무하는 정현 씨가 직원들을 위해 직접 커피를 내려주는데, 전문적으로 배운 것은 아니라고 하지만 그 덕분에 여유롭게 하루를 시작할 수 있다.

그날도 커피를 마시며 일과를 확인하는데 50대로 보이는 중년 남성이 사무실을 방문했다. "김주엽 씨 아직 근무하나요?"라며 아이 문제로 상담을 받고 싶다고 했다. 전혀 모르는 얼굴이었지만 일단 상담실로 안내했다. 나의 의문 가득한 눈빛을 알아챘는지 그는 자리에 앉자마자 "아이가 중학생 때 선생님 강의를 들은 적이 있어요. 워낙 인상 깊어 기억하고 있었는데, 이렇게 갑자기 찾아와서 놀라셨지요?"라고 했다.

나를 기억하고 찾아준 것에 고마웠지만, 그보다 무슨 일로 찾아왔는지가 더 궁금했다. 표정을 보아하니 오랜 고민 끝에 찾아온 듯했기 때문이다. 또 대개 이렇게 부모가 직접 찾아오는 경우는 가벼운 일이 아닐 때가 많아 걱정이 앞서기도 해서다.

장난이 부른 씻지 못할 상처

아이 아버지는 분노로 가득 차 있었다. 이유인즉슨, 아이가 고등학생 때 게임을 하다가 등뼈가 부러져 전치 8주라는 심한 부상을 당한 것이었다. 문제를 일으킨 게임은 '인디언 밥'으로 미리 정해둔 규칙에서 벗어나면 당사자는 엎드리고, 다른 구성원들이 "인디언 밥!"이라고 외치며 손바닥으로 등을 두드리는 다소 장난스럽고 귀엽기도 한 놀이다. 그런데 한 아이가 1m가량 점프해서 온 힘을 실어 팔꿈치로 등을 찍는 바람에 그런 사고가 생기고 말았다. 하지만 아이가 엎드려 있었던 터라 자기를 다치게 한 장본인이 누구인지도 알 수 없었고, 솔직하게 말해주는 친구도 없었다. 심지어 학교에서는 아이들의 단순한 장난으로 단정 짓고, 아무런 조치 없이 넘어갔다.

문제는 시간이 흐르며 더 크게 나타났다. 부상으로 병원에 오가며 치료받는 동안 대학 입시가 다가왔고, 학업에 온전히 집중할 수 없었던 아이는 수능시험을 망쳤다. 반면 그때 게임을 함께 했던 아이들은 모두 원하는 대학에 진학했다. 고통은 졸업 후에도 계속됐다. 그날의 트라우마로 아이는 직장 생활에도 어려움을 겪었고, SNS로 가해 학생들의 소식을 접할 때마다 아픈 상처가 떠올라 우울감에 빠졌다. 그 모습을 보고 있는 부모도 괴로웠지만 해줄 수 있는 게 아무것도 없었다. 결국 아버지는 소송을 준비하고 있다고 밝혔다.

장난으로 시작한 순간의 잘못된 선택이 누군가의 삶을 송두리째 앗은 폭력이 되어 있었다. 그 상황을 마주한 나는 그 어떤 위로의 말도 할 수 없었다.

삶 곳곳에서 괴롭히는 트라우마

몇 해 전 쌍둥이 배구선수 이재영·이다영 자매의 '학교 폭력 미투' 사건으로 한동안 떠들썩했다. 10여 년 전에 발생한 폭력이었지만 가해자는 마치 어제 일어난 일처럼 당시의 기억을 소환해 세상에 고발했다. 가해자에 대한 적절한 처벌 또는 진심 어린 사과가 없다면, 학교 폭력 피해자의 후유증이 평생을 따라다닐 수 있음을 인지시켜준 사안이었다. 실제로도 학교 폭력과 관련한 논문에 따르면 학교 폭력 피해 학생 대부분은 불안, 우울을 비롯해 대인 관계에서도 예민한 증상을 보이며 정신적 고통을 호소한다고 한다. 특히 학교 폭력을 장기간 당한 학생은 자아존중감이 낮고, 모든 일상에서 부적응을 겪을 가능성이 크다. 이는 졸업 후 사회인이 되어서도 정상적인 사회생활을 방해한다는 점에서 사태의 심각성을 드러낸다. 서울대학교 심리학과 곽금주 교수도 "학교 폭력 미투 사건은 성인이 되어서도 지워지지 않는 트라우마가 원인이다. 피해자들은 지금이라도 당시에 겪은 억울함과 상처를 치유하고 싶은 것이다."라고 말했다.

통계에 의하면 가해 학생들의 가해 이유 중 "장난으로 그랬다."라는 답변이 28%로 가장 많았다. 나 역시 SPO로 활동하며 장난으로 시작해서 폭력으로 번지는 경우를 많이 봐왔다. 그런데 앞서 언급한 인디언 밥 사례처럼 등뼈가 부러져 8주 진단을 받고, 대학 입학시험을 망쳤다면 이것을 장난으로 넘길 수 있을까? 남학생 사이에서 한때 유행하던 '기절 놀이'를 하다가 아이가 깨어나지 못한다면 장난이라고 할 수 있을까? 또 교실에서 발을 걸어 넘어뜨린 다음, 그 위에 여러 명이 올라탄다면 가장 아래 깔린 아이는 어떻게 될까?

장난처럼 시작했지만 피해 학생이 발생한다면 그에 합당한 처벌이 이뤄져야 한다. 그러므로 교육부 가이드북의 '장난 또는 사소한 행위, 무심코 한 행위는 학교 폭력이 아니다.'라는 내용을 필히 수정해야 한다. '장난 또는 사소한 행위, 무심코 한 행위였을지라도 피해 학생이 고통을 호소한다면 학교 폭력에 해당한다.'라고.

학교에서도 장난으로 치부해 순간을 모면했다고 하더라도 학교 폭력 미투 사건이나, 민사소송 등 엄청난 부메랑이 되어 돌아올 수도 있다. 그러니 가해자 측은 학교 폭력에 대한 심각성을 깨닫고, 똑같은 잘못을 저지르지 않겠다는 약속과 함께 마음에서 우러나온 사과를 해야 한다. 그리고 피해자는 학교 폭력을 당했다면 심리적 충격을 정확하게 진단한 후 치료를 받음으로써 지속적인 트라우마로 남기지 않게 하는 노력이 필요하다.

5. 학교 폭력 브로커와의 만남

어린 객기로 얻은 상처

학기 초가 되면 학폭위를 개최하는 경우가 종종 있다. 왜냐하면 학생들이 서열을 정리하기 위해 겨루기를 하고, 그로 인해 피해 학생이 발생하기 때문이다. 싸우지 않고도 입소문으로 판가름 나기도 하지만, 자존심을 내세워 직접 싸움을 벌이기도 한다. 대체로 다음과 같은 사건이다.

두 학생이 각자 힘을 뽐내기 위해 방과 후 학교 근처 빌라 주차장에서 만났다. 그 주변은 소식을 들은 아이들이 둥글게 링을 만들어 에워쌌다. 영화 또는 드라마에서 볼 법한 장면이 연출된 것이다. 그 사이에서 두 아이가 공격할 타이밍을 노렸고, 긴장감을 깨고 한 아이가 소리 지르며 달려들었다. 당연히 상대편 아이는 그 찰나를 피했는데, 그 자리에서 더 이상 일어나지 못하는 상황이 벌어졌다. 놀란 아이들은 학교에 뛰어가 교사에게 도움을 청하기도 하고, 119에 신고도 했다. 그렇게 병원에 실려 간 아이는 한쪽 고환이 터졌다는 진단을 받았다. 평생 한쪽 고환으로 살아야 하는 장애를 얻은 것이다.

다른 학교에서는 급식 시간에 줄을 서 있는데, 자기 앞의 학생이 계속 장난을 치더니 새치기했다. 배가 고프기도 했지만, 자신을 우습게 봤다는 생각에 순간 화를 참지 못한 아이는 그 아이를 넘어뜨렸고, 넘어진 후에도 계속 자기를 보고 웃는 아이의 얼굴을 한 차례 발로 찼는데, 턱뼈가 부러졌다. 그때부터 피해 학생은 6개월 동안 병원에 다니며, 턱뼈 고정과 함께 치아 교정까지 해야 했다. 아이는 교정 치료를 하는 동안 제대로 먹지도 못했다.
또 쉬는 시간에 복도를 뛰어다니며, 장난치다가 자기에게 실내화를 던졌다는 이유로 화가 나서, 주먹으로 얼굴을 한 대 때렸는데, 안와골절 진단을 받은 사건도 있다. 병원에선 안와골절 후유증으로 시력을 잃을 수도 있다고 했다.

그 외에도 식판으로 얼굴을 때렸는데, 얼굴이 심하게 찢어져서 성형하더라도 평생 상처가 남는 일도 있었고, 안경을 낀 아이를 때려 깨진 안경알 조각이 눈 안에 들어가 평생 안과 치료를 해야 하는 일도 있었다.

단 한 차례의 어린 객기가 만들어낸 참담한 결과였다. 아직 감정이 성숙하지 않은 아이들은 한 번 상한 감정이 쉽게 조절되지 않아 행동으로 연결되는 경우가 많았고, 자라나는 아이들의 뼈는 쉽게 잘 부러지거나 평생 후유증으로 남았다. 그때마다 합의를 끌어낼 수 있을까 하는 걱정이 생겼다. 보통 당사자 간의 합의가 잘 이뤄지지 않기 때문이다.

학교 폭력 브로커의 등장

고등학생의 경우 학폭위에서 가벼운 처분을 받는다고 하더라도 원하는 대학에 진학할 수 없는 경우가 생길 수도 있다. 이러한 이유로 가해 학생 측에서는 어떻게든 합의를 하려고 하고, 이러한 사정을 잘 아는 학교에서도 합의가 이뤄질 때까지 최대한 기다려준다. 이때도 주의해야 할 것은 원칙을 벗어나지 않아야 한다는 점이다. 만일 기준을 벗어나면 또 다른 문제가 발생할 수도 있어서다.

나의 경험상 당사자 간의 합의가 잘 안 되는 이유는 가해 학생 측에서는 최대한 합의금을 적게 책정하려고 하고, 피해 학생 측에서는 최대한 많이 받으려고 하기 때문이다. 또 경찰에 신고되어 처벌받는 경우, 학폭위에서 조치를 받는 경우, 상대방의 귀책 사유(과실 유무) 등에 따라서 합의 금액이 달라지므로 피해자 측에서는 가해자 측의 과실을 꼬투리 잡고 늘어지기도 하고, 합의를 진행하는 중에 집안싸움이나 소송으로 번져 분쟁이 오랫동안 지속되기도 한다. 그래서 최대한 빠르게 마무리 짓고 싶어 학교 폭력 전문 브로커가 붙는 일도 있다.

나는 이번 사건을 통해 학교 폭력 전문 브로커를 직접 만났다. 생각보다 심각한 문제를 해결하기 위해 교장실에서 대화를 나누던 중이었다. 한 남자가 교장실 문을 박차고 들어왔고, 뒤이어 피해 학생 측의 부모와 아이가 따라 들어왔다. 그리고 그 남자는 교장 선생님과 나에게 명함을 내밀었다. 거기에는 지금껏 들어보지 못한 언론사의 이름이 새겨져 있었다. 난 바로 눈치챘다. 그는 말로만 듣던 학교 폭력 브로커였다. 이런 브로커들은 학교 측의 시설과 같은 사소한 문제를 언급하며 언론에 제보하겠다고 협박을 일삼는다. 그러면 법을 잘 모르는 교사들은 그들이 요구하는 대로 끌려가기에 십상인데, 다행히 그날은 내가 함께 있었고, 담당 경찰이라고 명함을 내밀었더니 브로커는 이내 자리를 떴다. 교장 선생님은 연신 내게 감사의 뜻을 표하고 있는데 말이다.

다급하게 열린 학폭위

한 번은 평소와 달리 밤 10시라는 늦은 시간에 학폭위가 열렸다. 나는 전례가 없던 일이라 의아해하며 참석했고, 학교에 도착해 전반적인 내용을 듣고는 깜짝 놀랐다. 이 역시 학교 폭력 브로커가 개입되어 있었다.

7개월 전에 한 아이가 우발적으로 날린 주먹에 얼굴을 맞아 코뼈가 부러진 사고가 생겼다. 이에 가해 학생 측은 대학 진학을 위해 어떻게든 합의를 하고자 했지만, 피해 학생 측에서는 조폭 브로커를 고용해 거액의 합의금을 요구하며, 몇 달간 가해 학생 측을 협박했다. 결국 합의가 되지 않자 학교 측에서 급하게 학폭위 자리를 마련한 것이었다.

학폭위 개최 여부가 합의의 대상이 될 수도 없으며, 부모는 아이의 피해를 이용해 돈을 벌려고 해서도 안 된다. 대신 가해 학생에게는 폭력에 대한 심각성을 인지하고 같은 잘못을 저지르지 않겠다는 다짐을 할 수 있도록, 피해 학생에게는 합법적인 방법으로 얼마든지 도움을 받을 수 있음을 알 수 있도록 해주는 주변의 노력이 필요하다. 누구나 학교 폭력의 가해자도 피해자도 될 수 있어서다.

6. 청소년의 사랑할 자유 어디까지

이성 교제를 차단하는 교육 현장

중·고등학생의 학생 생활 규정 전수조사 결과, 절반 이상의 학교에서 이성 교제를 규제하는 규정이 있는 것으로 나타났다. 더 자세히는 공립고등학교가 67.6%로 꽤 높은 수치를 기록했으며, 사립고등학교가 53.6%, 중학교가 52.3%로 뒤를 이었다. 또 스킨십과 입맞춤 등에 벌점을 부과하거나 학생선도위원회 회부를 통한 징계뿐만 아니라 퇴학을 시키는 학교도 존재한다. 이 같은 교육 당국의 이성 교제에 대한 제약으로 국내 한 청소년 인권 운동단체에서는 여러 차례 "청소년의 성적 자기 결정권을 침해하는 '연애 탄압' 학칙을 폐지하라."라고 요구했다. 그에 더해 이 단체는 사랑하는 감정과 성적인 행위는 사람이 사람답게 살아가면서 자연스럽게 나타나는 것이라며, 반드시 보장되고 존중돼야 한다고 주장했다. 이에 따라 학교와 가정에서는 청소년들이 성에 관한 정보와 지식에 접근할 수 있도록 인권에 기반한 성교육을 해야 한다고도 했다.

나 역시 학창 시절 남녀 간의 미팅 사실이 알려져 정학을 당하는 친구들을 본 적이 있다. 학교도 남중·고와 여중·고로 분리해 철저히 통제했다. 그런 시절을 보냈던 탓인지 현재 등하굣길에 교복을 입은 남녀 학생이 당당하게 손잡고 다니는 모습이 부럽기도 하다. 하지만 이런 나와 달리 막상 주변을 둘러보면 여전히 10대의 연애에 대해 좋은 시선으로만 바라보는 것 같지는 않다. "지금이 제일 중요하다.", "한눈팔면 인생 망친다.", "대학 가면 얼마든지 좋은 사람 만날 수 있다."라는 등의 말로 제지하고 있어서다.

같은 어른 입장에서 그 마음도 충분히 이해한다. 더욱이 나는 현장에서 청소년의 범죄를 많이 목격하기도 하고, 해가 거듭될수록 청소년들의 성범죄가 증가하고 있음을 잘 알고 있어서다. 심지어 우리나라보다 성문화에 개방적인 미국에서조차 10대의 임신 중절, 출산, 각종 성병이 사회적인 문제로 대두되고 있다고 하니, 청소년의 이성 교제를 어디까지 허용해야 할지 의문이다.

삐뚤어진 청소년들의 사랑

　내가 경험한 10대의 성범죄 수준도 심각했다. 아래는 내가 직접 접한 사례다.

　첫 번째는 한 여학생이 외모가 준수한 남학생을 순수하게 좋아하게 되면서부터 시작됐다. 여자아이는 마음을 담아 초콜릿을 선물했고, 남자아이는 이성에 대한 호기심만 가득할 뿐 상대방에 대한 호감이 전혀 없는 상태였다. 이에 남자아이는 여자아이의 마음을 이용해 여행을 가자고 설득했으나, 여자아이가 완강히 거부하자 대신 밤늦게까지 낚시하며 놀자고 제안했다. 별다른 의심 없이 따라간 장소에서 사고가 일어났다. 남자아이는 그곳에 텐트를 펼쳤고, 스킨십을 허용하면 앞으로도 계속 만나주겠다면서 추행을 한 것이다. 그런데 다음날 남자아이가 전화도 받지 않고, 메시지를 보내도 무시하자, 화난 여자아이가 112에 성폭행을 당했다고 신고했다. 당연히 학교는 발칵 뒤집혔고, 학폭위가 열렸다. 그러나 모든 정황을 파악한 결과, 합의에 이뤄진 것으로 드러나 남자아이에게 무혐의 처분이 내려졌다. 다만 둘 다 교칙 위반에 의한 징계를 받았을 뿐이다.

　다음 사례는 한 여학생에게 과거에 사귀던 남학생이 연락해

오면서 생긴 일이다. 또래에 비해 조숙했던 두 아이는 교제할 때 성관계를 경험했고, 헤어진 후에는 연락을 끊고 지냈다. 그렇게 2년이 지난 어느 날 갑자기 남자아이가 연락을 해왔고, 끈질기게 만남을 요구했다. 처음에는 단호히 거절했지만, 둘이 관계를 맺을 때 촬영한 동영상이 있다며 만나주지 않으면 온라인에 유포하겠다는 협박에 전 남친의 말을 따를 수밖에 없었다. 그 뒤로 만난 횟수는 점점 늘어났고, 그때마다 여자아이는 남자아이의 성적 욕구를 해소하는 대상으로 이용당했다. 무려 6개월 동안 이어진 고통이었다. 그 시간이 너무 괴로웠던 여자아이는 큰 용기를 내어 112에 도움을 요청했다. 여자아이가 신고를 꺼렸던 가장 큰 이유는 부모님이 알게 되는 것과 영상이 공개되어 학교에서 알게 되는 것이었다. 그런데 이런 경우의 대부분은 영상이 없거나, 있다고 하더라도 절대로 스스로 지우지 않는다. 그러니 하루라도 서둘러 신고를 해야 피해를 줄일 수 있다고 설득한 뒤 비로소 아이를 위기부터 구출할 수 있었다.

마지막 사례는 성에 대한 잘못된 인식이 불러일으킨 안타까운 사건이었다. 해당 학생은 평소 학업이 우수한 남학생이었는데, 쇼핑백에 구멍을 뚫어 휴대폰 카메라 렌즈를 부착해 계단을 오르는 짧은 치마를 입은 여성의 뒤를 따라다니며 촬영했다. 계단 주변을 서성이며 여성 뒤만 따라다니는 아이를 수상하게 여긴 한 남성의 기지로 아이를 붙잡을 수 있었다. 그런데도 아이의 잘못된 행동은 멈추지 않았다. 몇 차례 붙잡혔지만, 매번 주의를 주는 것으로 그쳐 심각성을 느끼지 못한 듯했다. 아무래도 적절한 치료가 필요할 것 같았다.

건강한 성교육의 필요성

이 외에도 청소년의 성범죄는 다양한 형태로 나타난다. 여러 사건을 해결하면서 느낀 점은 호기심으로 무분별하게 시청하는 '포르노'의 영향이 크다는 것이었다. 호주의 성교육 전문가 마리 크랩도 여성에 대한 폭력의 원인으로 포르노를 꼽았다. 실제로 남성이 포르노를 처음 접하는 연령이 평균 11세라는 연구 결과가 있다. 이로 하여금 포르노가 성교육 도구로 대체된 실정이다. 그리고 그 나이가 점점 어려지고 있어 청소년기에 바로 잡아야 할 성 인지가 제대로 이뤄지지 않고 있다.

남자 배우 : 포르노에서는 여성에게 지나칠 정도로 거칠게 대해야 해요.
여자 배우 : 배우자와는 절대 제가 연기한 것처럼 스킨십하지 않아요.

이는 다큐멘터리 〈The Porn Factor〉에 출연한 포르노 배우들이 한 말이다. 여기에서도 알 수 있듯 포르노는 지극히 왜곡된 표현이다. 포르노 작품을 제작하는 이들도 돈을 벌기 위해 다소 폭력적인 장면을 연출하지만, 만일 포르노처럼 행동하는 사람이 있다면 상담을 받아봐야 한다고 한다. 하지만 안타깝게도 10대들이 이 같은 진실을 알 리가 없다.

다시 한번 강조하지만, 아이들의 잘못된 성 인식과 호기심은 범죄로 이어질 수 있으며, 가해자와 피해자 모두에게 커다란 상처로 남는다. 지금은 역사상 가장 포르노를 접하기 쉬운 세대다. 나는 단순히 포르노 차단 앱 설정과 같은 단순한 방법으로는 해결할 수는 없다고 본다. 그래서 미디어를 비판적으로 볼 줄 아는 법, 서로를 동등한 하나의 인간으로 존중하는 법, 성범죄로부터 도움을 구하는 법 등의 지도가 이뤄져야 한다고 생각한다. 그저 아이들만을 나무라서는 안 된다는 뜻이다.

7. 위기를 버티게 하는 행복한 가정

행복 지수을 채워주는 가정환경

세상에 마냥 행복한 사람이 있을까? 제아무리 밝은 표정을 하고 있더라도 저마다의 고민, 상처, 고통이 있다. 또 그 누구도 질병, 사고, 이별, 죽음 등에서 벗어날 수 없다. 그 와중에 부, 명예, 사랑 등 각자의 기준은 다르겠지만, 어떤 상황이든 희망이 있다면 행복이 따라올 것이다.

행복은 상황을 어떻게 받아들이느냐에 따라 찾아올 수도 찾아오지 않을 수도 있다. 예를 들면 같은 시련을 겪더라도 누군가는 훌훌 털어버리는가 하면, 누군가는 평생 그 트라우마에서 벗어나지 못한다. 잘 알다시피 전자보다 후자가 행복 지수가 높을 수밖에 없는데, 개인적으로 이를 결정짓는 가장 큰 요소는 가정의 행복도라고 생각한다.

행복의 요소를 충분히 갖췄음에도 그 행복을 제대로 누리지 못하는 연예인의 사례를 통해 가정환경의 중요성을 살펴보자.

잘못된 선택을 부르는 아픈 기억

먼저 4인조 보이그룹 WINNER의 송민호는 2015년 『Show Me The Money』 시즌 4에서 준우승을 시작으로, 2016년 『제5회 가온차트 K-팝 어워드』 발견상 힙합 부문 수상, 2019년 『제33회 골든디스크 어워즈』 베스트 힙합상을 수상하는 등 많은 팬으로부터 사랑받고 있다. 그 자체만으로도 행복할 것 같지만, 그는 공황장애, 양극성 장애 진단을 받고 치료 중이라고 고백했다. 원인은 가족에게 있었다. 송민호의 아버지는 술에 의존하는 사람이었고, 그 모습이 속상하기도 원망스럽기도 했다고 한다. 또 어느 순간 본인이 가장 역할을 하게 됐는데, 그것이 부담됐던 듯하다. 가족이 소중하지 않은 건 아니었지만 순간순간 느끼는 부정적인 감정들이 예술적인 감각을 방해하지는 않을까 하는 고민을 하게 만든다고 했다.

가수 최성봉 사례도 있다. 『tvN 코리아 갓 탤런트』 프로그램에 출연하면서 CNN, ABC 등 전 세계 언론의 주목을 받고, 국내·외에서 강연과 공연 활동을 펼친 그가 최근 세간의 물의를 일으켰다. 각종 활동에도 생활고에 시달린 최성봉은 암 투병 중이라는 말로 거액의 후원금을 받았다. 그런데 그 돈으로 유흥업소를 방문하면서 수천만 원을 탕진함으로써 그가 했던 말이 거짓이라는 사실이 들통났다. 그를 이렇게 만든 것은 무엇이었을까. 최성봉의 과거를 보면 눈물 없이 들을 수 없는 드라마다. 그는 5살이라는 어린 나이에 고아원에서 탈출한 후, 10년을 유흥가에서 껌팔이를 하며, 컵라면으로 끼니를 때우며 지냈다. 주로 낮보다 밤에 활동했고, 말보다 욕을 먼저 배웠다. 그 와중에 우연히 접한 성악에 매료돼 박정소 선생을 만나면서 인생이 바뀌기 시작했다. 이때부터 구걸이 아닌 노동을 통해 밥벌이하는가 하면, 검정고시로 중학교 과정까지 마친 것이다. 더불어 개인 레슨을 받고 싶어 방과 후에는 밤샘 아르바이트로 레슨비를 벌어 음악 실력을 다져나갔다. 음악에 대한 열정을 보이며, 최선을 다했지만 결국 잘못된 선택을 한 것은 가정의 따스함을 단 한 번도 경험해보지 못한 그의 불우했던 과거가 만든 결과가 아닐까.

따뜻한 온기를 바라는 아이들

내가 현장에서 만나는 아이들도 위태로운 가정이 많다. 각자가 품고 있는 사정과 아픔의 크기는 다르지만, 행복을 느끼기에는 다소 부족해 보인다. 물론 그 속에서 자기만의 행복과 꿈을 찾는 아이도 있지만, 어려운 상황과 마주하면 쉽게 무너지는 것은 똑같다. 그로 인해 행복한 가정에 대한 소망을 누구나 갖고 있다. 행복한 가정으로부터 얻는 에너지가 크다는 것을 모두가 잘 알고 있어서다. 그래서일까. 영국의 동화 작가 조지 맥도널드는 다음과 같은 말을 남겼다.

"이 세상에 태어나 우리가 경험하는 가장 멋진 일은 가족의 사랑을 배우는 것이다."

8. 자존감을 키운 엄마의 힘

처음 경험한 알레르기 고민

앞의 내용에 이어 아이들에게는 부모의 애정 가득한 관심과 사랑이 필요하다. 나 역시 나의 아내와 아들을 통해 그 중요성을 느꼈다.

나에게는 아들이 하나 있다. 늦은 나이에 얻은 아이라 태어난 날의 감동을 잊을 수 없다. 특히 품에 처음 안았을 때, 나의 양쪽 엄지손가락을 고사리 같은 두 손으로 움켜쥐었을 때는 가슴이 벅차 심장이 터질 것만 같았다. 그때부터 아이와 함께한 시간은 행복 그 자체였다. 표정, 몸짓 무엇 하나도 놓치고 싶지 않아 연신 카메라를 들어 아이 모습을 담았다.

그런데 아이가 모유 수유를 끝내고, 이유식을 하는 순간부터 걱정거리가 생겼다. 아이의 온몸 여기저기에 울긋불긋한 발진이 올라왔기 때문이다. 급기야 아이는 가려움을 호소하며 잠을 이루지 못했다. 날이 밝자마자 병원을 찾았고, 의사는 식품알레르기가 의심된다고 했다. 말 그대로 충격이었다. 아이가 먹은 것은 고작 쌀미음이었으니 '쌀 알레르기면 대체 앞으로 뭘 먹어야 하지?'라는 생각이 들지 않을 수 없었기 때문이다. 또 식품알레르기는 복통, 구토, 설사 등의 증상으로 나타나기도 하지만, 천식, 편두통, 비염, 때로는 쇼크 증세 등을 일으키는 일도 있고, 심하면 사망에 이를 수도 있는 일이었다. 알레르기 혈액검사 후, 하늘이 무너져 내리는 것만 같았다. 아이에게 먹일 수 있는 음식이 너무 없었다. 아니 없는 것이나 마찬가지였다. 1년에 한 번 혈액검사를 통해 알레르기를 일으키는 음식을 피하는 수밖에 다른 방법이 없었다.

아이를 향한 놀라운 모성애

병원에서 알레르기 진단을 받은 후, 아내는 알레르기 관련 카페에서 정보를 얻어, 아이의 먹거리를 챙겼다. 또 아이가 어린이집을 다니기 시작할 무렵부터 7살인 지금까지, 아침 일찍 일어나 아이가 원에서 먹는 모든 음식을 비슷한 음식으로 대체해 도

시락을 만들어 보냈다. 아내도 교사였기에 출근 전에 준비를 마쳐야 한다는 부담감이 있었을 텐데도 아이를 위해 하루도 거르지 않았다. 옆에서 지켜보는 입장에서 대단하다 싶었다.

하지만 아이가 커갈수록 애가 타고, 조바심이 생기는 것은 어쩔 수 없었다. 아이가 집 밖에서 먹을 수 있는 음식이 없어, 외식한 번 마음 편히 하지 못했고, 여행을 갈 때도 캐리어 하나에 아이 음식만 한가득 담아 다녀야 했다. 문제는 그뿐만 아니었다. 잠이 유난히 많은 아내는 잠을 줄여가며 아이 음식을 장만하느라 수면 장애와 우울증을 겪었다. 그런데도 나는 옆에서 힘이 되어 주지 못했다. 간호학 전공 후 병원에서 오랫동안 간호사로 근무한 데다, 현재는 보건교사로 지내고 있어 믿고 맡긴 영향이었다.

그 긴 시간 동안 아내는 혼자 발을 동동 구르며 동분서주했다. 아내도 알레르기에 대해서는 전문가가 아니었기에 인터넷을 검색하고, 카페를 통해 비슷한 경우의 아이를 찾아 그 엄마에게 노하우를 묻기도 했다. 게다가 아이에게 먹일 수 있는 대체 음식이 있다면, 가깝게는 일본부터 멀리는 유럽에서도 계속 공수했다. 그런 가운데 반갑게도 수도권에서만 가능했던 식품알레르기 면역 치료를 인근 지역에서 받을 수 있게 됐다. 그래서 아이는 더욱 편안하게 알레르기 치료를 받고 있다.

권리를 지켜낸 가족의 사랑

한 번은 아내가 올해부터 갑자기 어린이집에서 아이들 생일 파티를 하기로 했다며 급하게 연락이 왔다. 그것도 시중에 판매 하는 케이크와 집에서 마련한 음식으로. 우리는 고민에 빠졌다. 그도 그럴 것이 아이는 일반적인 케이크도 과자도 먹을 수 없었고, 친구들과 파티를 즐기려면 생일에 맞춰 아이가 먹을 수 있는 케이크를 주문 제작해야 했기 때문이다. 참고로 아이가 먹을 수 있는 우유, 계란, 밀가루가 안들어간 케이크를 만드는 곳은 우리나라에 몇 곳 없었다.

그런데 애써 챙겨간 음식을 아이들이 먹는 생일상에 함께 올려달라는 부탁에 원에서는 안 된다고 했다. 아이가 다른 아이들처럼 마음껏 음식을 먹을 수 없다는 것도 마음이 아팠지만, 원에서의 반응에 상처를 받았다. 코로나로 바빠진 업무로 아내 대신 내가 어린이집 교사에게 전화했다. 통화하는 동안 그동안 나 역시 아내를 외롭게 했음을 깨달았다. 담임교사의 태도가 나와 너무 닮아 있었다. 담임교사의 말에 의하면 우리 아이가 평소 먹을 수 없는 음식을 주면, 큰 소리로 먹을 수 없다고 확실하게 표현한다고 했다. 그런데 부모님이 너무 예민하게 반응한다고. 내가 아내에게 자주 했던 말이었다.

한편 아이가 식품알레르기가 있다는 사실을 숨기거나 부끄러워하지 않고 당당하게 이야기한다는 말에 대견했다. 이는 어린이집과 소통하며 배려받을 수 있도록 교육한 아내의 노력 덕분이었다. 그동안 아내의 편이 되어주지 못하고, 아내를 탓했던 미안함이 파도처럼 밀려왔다. 아내는 얼마나 외롭고 힘들었을까? 나는 퇴근하고 집으로 오자마자 아무 말 없이 아내를 꼭 안아주었다. 그날 이후 나는 내가 할 수 있는 부분을 찾아 언제나 아내의 편이 되어주기로 했다.

아이에게 아픔이나 어려움이 있다면 우리 아내가 그랬듯이 당당하게 말하고 도움을 받으려고 노력해야 한다. 만일 부끄러워하거나 숨기려고 했다면 우리 아이는 지금처럼 자존감 높고, 당당한 아이로 자랄 수 없었을 것이다. 즉, 아이의 자존감을 높이려면 양쪽 부모의 지지가 필요하다. 둘 중 한 사람이라도 부정적이거나 회의적이면, 자존감 높은 아이로 키우기 어렵다. 마더 테레사가 "세상의 평화를 위해서 당신이 할 수 있는 일은 무엇인가? 집으로 돌아가서 가족을 사랑해 주는 것이다."라고 했던 것처럼 우리 아이를 위해 당장 할 일은 아이를 사랑해 주는 것이다.

9. 존재 자체로 존중받아야 할 아이들

존속 살해 미수죄로 체포된 동현이

내가 형사과에 근무할 때였다. 당시 당직할 때는 관내에 발생한 모든 형사 사건은 당직자가 맡았는데, 그때 동현이를 만났다. 파출소 김 순경이 현행범으로 데려온 동현이는 26살이었다. 아버지를 살해하려다 미수에 그쳤다고 했다. 인계를 받고 조사를 시작하는데, 의아한 부분이 있었다. 보통 이와 유사한 경우는 패륜아이거나 술에 만취해 인사불성인데 동현이는 그렇지 않았다. 오히려 차분했다. 그런 동현이에게 사건 동기를 묻자 "그냥 죽이고 싶었어요."라는 말만 반복했다.

아무리 물어도 아버지를 죽일만한 이유는 없었다. 경험상 이대로 조사가 끝나면 아이는 최소 7년 이상의 실형이 예상됐다. 이에 가족을 상대로 참고인 조사를 했다. 어머니와 누나는 그날만 생각하면 온몸에 소름이 돋는다며 말을 제대로 잇지 못했다. 그래도 사건의 경위를 알아야 했기에 네 차례 더 심문했고, 가족과 주변인 등 총 10여 명의 참고인을 조사했다. 그런데도 아이가 아버지를 죽이려고 했던 이유를 찾지 못했다. 심지어 다들 동현이 가족이 화목했다고 입 모아 말했다.

심문을 통해 알게 된 것은 아버지는 가족들에게 존경받고, 지역에서도 인정받는 인물이었다. 그에 반해 아이는 어릴 적부터 아버지의 기대와는 달리 소심하고, 내성적인 아이였다. 그렇게 아이는 조사를 마치고, 검찰로 송치된 후 구치소로 이동했다. 법원은 판결 전, 6개월간 정신적인 장애 여부를 확인하는 과정을 거치는 치료감호 처분을 했고, 동현이는 처분에 따라 공주 치료감호소로 이송됐다. 그로부터 6개월이 흘러 동현이의 치료감호 기간이 끝났다는 연락을 받고, 담당 형사인 나는 공주 치료감호소로 아이를 다시 이송하러 갔다. 동현이는 나를 보고 반가운 듯 웃었다. 그 모습에 '그날 무슨 일이 있었던 걸까?'라는 궁금증이 다시 떠올랐다.

가족의 무시가 만들어낸 비극

규정상 손목에는 수갑을 채우고, 두 팔은 포승으로 묶은 채 동현이를 타고 간 승용차에 태웠다. 가는 도중에 휴게소에 들러 점심을 먹었는데, 식사하기 위해 잠시 포승을 풀어주고, 다른 사람들의 이목을 생각해 한쪽 수갑만 채우고 옷으로 덮었다. 아이는 고마웠는지 미소를 짓고는 배가 고팠던 탓인지, 오랜만에 먹는 바깥 음식이 맛있었던 탓인지 시킨 음식을 허겁지겁 먹어 치웠다.

아무 말이 없던 아이는 배가 어느 정도 찼는지 자기 이야기를 하기 시작했다. 앞에서 언급했듯 동현이는 실패를 두려워하고 소심했다. 모두 완벽한 아버지의 영향이었다. 아이는 그런 자신을 아버지가 무시한다고 생각했고, 급기야 자존감이 바닥을 쳤다. 사소한 일도 금방 포기하고, 누군가에게 무슨 말만 들어도 충격을 받아서 풀이 죽었다. 또 자꾸 재촉하지 않으면 나서서 뭘 하려고도 하지 않았다. 어려서부터 아버지에게 "그러면 안 된다."라는 말만 들어 '나는 아무것도 못 하는 아이야.'라고 낙담하며 점점 자신감을 잃어갔지만, 그런 상태에 대해 단 한 번도 겉으로 드러내지 않았다.

그런 아이가 장성해 전역한 뒤, 운전으로 취직을 하겠다며 면

허시험을 볼 수 있도록 지원을 해달라고 했다. 그런데 그때 아버지가 "군대까지 갔다 왔는데 학원비도 못 버냐?"라고 한 말이 화근이 됐다. 아버지가 아이에게 할 수 있는 평범한 한마디였지만, 그동안 아버지에게 무수히 상처를 받아온 아이가 처음으로 아버지를 죽이고 싶다고 생각하게 만든 것이었다. '아버지만 없으면 뭐든지 자신 있게 할 수 있다.'라고 믿고, 동네 철물점에서 식칼과 망치를 구매한 다음 아버지를 죽일 날만 기다렸다.

소중한 경험이 될 아이의 실패

드디어 결전의 날이 왔다. 동현이는 늦은 밤 부모님 방으로 향했고, 자는 아버지를 향해 미리 준비해둔 식칼과 망치를 마구 휘둘렀다. 인기척에 잠을 깬 아버지는 기겁하고 일어나 아이와 피 튀는 몸싸움을 시작했다. 난리 통에 눈뜬 어머니는 온몸에 피를 흘리며 싸우고 있는 남편과 아들을 보자마자 기절했고, 동현이는 신고를 받고 출동한 경찰관에게 현장에서 체포됐다. 동현이가 다시 집을 방문한 것은 현장 검증 날이었다. 자기 방 장롱 위에서 식칼과 망치를 꺼내 들고 부모님 방으로 향하는 모습을 재연하자, 지켜보던 가족은 오열했고 동네 사람들은 경악했다. 아이는 치료감호 결과 정신적으로 문제가 없는 것으로 판단되어 예상대로 7년 형의 실형을 선고받았다. 가족에게 받은 상처로 나아진 자존감이 불러낸 비극이었다.

　최근에는 실패를 경험해보지 못한 아이가 늘고 있다. 그 이유는 부모가 아이를 지나치게 보호하기 때문이다. 문제는 이렇게 실패를 경험해보지 못한 아이는 사소한 일에도 상처를 받는다는 사실이다. 그럴 뿐만 아니라 부모가 지시하는 대로 따르기만 하니 수동적인 인간이 될 수도 있고, 실패가 두려워 아무것도 시도해보지 못할 수도 있다. 더욱이 최근에는 좌절을 겪은 젊은이들이 집에 틀어박혀 세상 밖에 나가지 못하는 은둔형 외톨이가 되거나, 극단적인 선택을 하기도 한다.

　아이들의 실패를 무조건 나쁘다고 나무라서는 안 된다. 대신 실패 또한 소중한 경험이 됨을, 같은 실패를 반복하지 않는 방법을 알려주어야 한다. 모든 세상일이 계획대로 되는 법이 없으므로 실패를 하더라도 도전해보고 그 경험을 통해 배우는 단계를 반드시 거쳐야 한다. 이 과정이 아이들의 자존감을 키워준다. 그 자존감은 아이가 인생을 살아가는 데 최고의 선물이 되어주는 말이다. 하나 더 덧붙이자면 자존감의 높고 낮음은 주변 사람의 태도에 따라 달라진다는 것을 알아야 한다. 그것이 아이가 최초로 맺는 인간관계인 부모의 역할을 알려줄 것이다.

10. 무방비 상태로 벌어지는 청소년들의 성

순간의 불장난과 충격적인 선택

어머니가 5살 때 집을 나간 후, 윤희는 아버지와 단둘이 살았다. 그런데 아버지마저 교통사고 이후 생계 활동을 하지 못해 기초생활보장 수급자가 됐고, 집안 분위기는 언제나 우울했다. 게다가 아버지는 윤희에게 폭언과 폭행을 일삼아 윤희의 소원은 집을 하루라도 빨리 벗어나는 것이었다. 그런 윤희는 언제나 SNS로 놀아줄 친구를 찾았다.

- 상품명 : 윤희
- 금액 : 100원
- 요구사항 : 구제해주실 분 구해요.

그러나 평범한 가정의 아이들은 이미 집으로 돌아가 가족과 함께 보내고 있을 시간이다. 순식간에 몇몇 남자아이 사이에선 윤희에 대한 나쁜 소문이 돌기 시작했다.

영호 : 윤희는 만날 집에 들어가기 싫단다.
민수 : 와 그라노?
영호 : 그래서 조금만 잘해주면 같이 잠도 잔단다.
민수 : 진짜가?

또래 남자아이들은 윤희를 상대로 성적 호기심을 해결하려 했다. 그러던 어느 날, 집에 들어가던 민수는 놀이터에서 윤희를 보았다. 갑자기 영호가 한 말이 생각난 민수는 윤희를 부모님 몰래 자기 방으로 데려갔다. 그때부터 윤희는 자주 민수 집을 드나들었고, 민수 부모님도 윤희를 알게 됐다. 외로움을 많이 탔던 윤희는 민수 어머니에게 살갑게 대했고, 때로는 집안일을 거들기도 했다. 민수 어머니도 윤희가 안쓰러웠던지 가끔 따뜻한 밥도 해주고, 다정하게 대해줬다.

그런데 문제가 생겼다. 민수와 윤희 사이에서 임신을 하고 만 것이다. 그 사실을 알게 된 윤희는 '아빠가 알면 맞아 죽을지도 모르는데 어떡하지?', '학교는 어떻게 다니지?'와 같은 고민에 휩싸여 무서운 마음이 들었다. 그렇게 며칠이 지났을까. 윤희는 배가 아파 보건실을 찾았고, 보건교사에게 의심을 받게 된다. 곧 학교에서도 윤희의 임신 사실을 알게 됐고, 대책 회의가 열렸다. 물론 윤희 아버지도 임신 사실을 알게 됐다. 그날 집으로 돌아간 윤희는 아버지에게 심하게 폭행을 당하고 집에서 도망을 나왔다.

눈물을 흘리며 윤희가 찾아간 곳은 민수 집이었다. 하지만 차갑게 변해버린 민수 어머니는 "애를 지우든지 말든지 알아서 하고, 다시는 우리 집에 오지 마라."며 윤희를 내쫓았다. 민수의 반응도 예전과는 달랐다. 윤희는 임신 가능성이 있다는 것을 알았지만, 아이가 생기면 민수와 함께 키우며 민수 집에서 같이 살고 싶은 욕심도 있었다. 그러나 현실은 달랐다. 아빠도, 민수도, 학교도 모두 윤희를 외면했다. 윤희는 감당하지 못할 임신으로 혼자 고민하다가 결국 집 근처 공원 화장실에서 아이를 낳아 두려운 마음에 화장실 쓰레기통에 버리고 그대로 도망갔다. 한순간 철없는 선택이 영아 유기라는 엄청난 범죄까지 저지르게 했다.

미혼모가 짊어진 세상의 무게

이제 갓 스무 살이 된 수정이는 또래 아이들과는 사뭇 다른 아침을 보낸다. 매일 아침 네 살배기 딸을 어린이집에 등원도 시켜야 하고, 햄버거 가게로 출근해야 해서 분주하게 움직여야 하기 때문이다. 정부에서 주는 생활지원금도 있지만, 고등학생 때 미혼모가 되어, 아이와 둘이 생활하는 데 턱없이 부족한 금액이라 아르바이트도 두세 군데를 병행 중이다.

수정이도 윤희처럼 아버지와 단둘이 생활했던 한부모 가정이었다. 고등학생 때 남자친구와의 사이에서 원치 않은 임신을 했는데, 중절 수술을 위해 찾은 병원에서 아이의 심장 소리를 듣고 오열하며, 출산을 결심했다. 엄마 없이 외롭게 자란 본인의 삶을 생각하며, 아이에게는 자신과 같은 외로운 삶을 물려주기 싫었다. 하지만 남자친구도 수정이도 경제력이 없는 어린 학생이었고, 사회의 따가운 시선과 부정적인 편견으로 결국 헤어지며, 혼자 아이를 키우게 됐다. 더욱이 아이를 출산하면서 하나뿐인 가족, 아빠와도 연락이 끊겼다.

당시 나는 수정이처럼 뜻하지 않은 상황으로 학업을 중단한 아이들을 돕는 일을 하고 있었다. 물론 수정이도 여러 차례 학업을 이어가려고 했지만, 세상은 만만치 않았다. 육아에 생활비까지 혼자 벌어야 했던 수정이는 끝내 학업을 중단할 수밖에 없었다. 그런데 때마침 수정이가 다니다 그만두었던 대안학교에서 수정이 소식을 전해 들었고, 그렇게 수정이의 집을 찾았다. 그리고 학업을 마쳐야 지금보다 더 좋은 직장도 얻을 수 있고, 꿈도 이룰 수 있다며 절대로 학업을 포기해선 안 된다고 설득했다. 얼마 후 수정이는 공부방을 찾았고, 그때부터 주변 사람들의 도움을 받아 학업을 이어갔다.

청소년들의 임신과 출산

국회입법조사처가 발간한 「10대 청소년 미혼모의 고립 해소와 가정 방문 서비스 전면 도입을 위한 과제 보고서」에 따르면 2015년부터 2019년까지 19세 이하 10대 산모가 낳은 아이는 8,081명이다. 또 청소년이 직접 아이를 양육하는 비중도 2015년 15.7%에서 2019년 24.2%로 증가하는 추세다.

최근 높은 시청률을 기록한 tvN 드라마 『우리들의 블루스』에서는 청소년들의 임신과 출산을 다뤘다. 전교 1등을 놓친 적이 없던 영주가 남자친구와의 사이에 임신하며 계획에 없던 일이 생겼고, 출산까지 하게 된다. 하지만 일부 시청자들은 청소년기에 원치 않는 임신을 했을 때 겪을 수 있는 현실을 보여주기보다는 이를 로맨스로 그리고 있다는 비판적인 시선을 보냈다. 또 MBN의 『고딩엄빠』라는 예능 프로에서는 10대에 부모가 된 엄마, 아빠의 다양한 이야기를 다루고 있다. 이에 나는 윤희와 수정이의 사례를 비추어 봤을 때, 청소년의 성과 임신 소재를 다룰 때는 좀 더 신중해야 한다는 아쉬움이 남는다. 임신한 청소년들이 겪는 현실은 드라마나 예능 프로그램처럼 낭만적이지만은 않기 때문이다.

청소년기의 임신은 사회적 자립이 부족하고, 신체 성장이 끝나지 않아 태아나 모체에 심각한 위험을 줄 수 있고, 청소년기 임신 경험은 중·장년기 건강까지 위협할 수 있다. 그러므로 임신 사실을 가족과 상대방에게 알리고 전문의와 함께 임신과 출산 과정에서 발생할 수 있는 각종 위험에 철저히 대비해야 한다. 그렇지 않으면 준비되지 않는 임신과 출산은 비협조적인 친부나 출산과 양육의 결심을 지지해주지 않는 가족들과 갈등을 겪을 뿐만 아니라 생활의 불안정까지 겹치면서 극한 상황에까지 놓이는 안타까운 일이 벌어질 수 있기 때문이다.

5장
너희는 혼자가 아니야!

1. 아이들을 안타깝게 만드는 부모들

스펀지 같은 아이들

하루는 아이와 함께 근교 바닷가로 산책하러 갔다. 파도 소리를 들으며 마음의 평온함을 얻을 수 있어 종종 방문하는 곳이다. 그날은 아이가 놀이터를 발견하고는 "아빠, 나 저기서 놀래."라며 뛰어갔다. 거기에는 아들과 비슷하거나 한두 살 많아 보이는 아이가 있었는데, 우리 쪽으로 다가오며 "아저씨, 저기 병신 하나 있어요. XX 병신 같아요."라고 했다. 나는 그게 어린아이 입에서 나온 말이 맞나 싶어 한동안 멍하니 서 있었다.

한 번은 초등학교 2학년 여자아이가 방과 후 집에서 같이 놀던 같은 반 남자아이에게 말을 듣지 않는다며, 부엌에서 식칼을 가져와 목에 들이대며 "너 밖으로 뛰어내릴래? 이 칼에 맞아 죽을래? 선택해."라고 협박한 사건이 접수됐다. 모두를 경악하게 만든 눈이 초롱초롱 빛나고 똘똘해 보이는 그 아이가 한 행동과 말은 누구에게 배운 것이었을까.

나는 이 감정을 아들에게서도 느꼈다. 아들이 3살쯤 됐을 때 단둘이 드라이브를 하던 중이었는데, 조용한 아이가 무엇을 하고 있는지 궁금해 백미러로 뒷좌석 카시트에 앉아 있는 아들을 확인했다. 그랬더니 아이는 나를 쳐다보며 코를 파고 있었다. 내가 운전을 하면서 무의식적으로 코를 파고 있었음을 깨달았다.

이렇게 어른들의 말과 행동을 스펀지처럼 흡수하는 아이들. 그 모습이 신기하고, 귀엽기도 하지만 한편으로는 가슴이 철렁하기도 한다. 좋은 습관이면 모를까, 나쁜 줄도 모르고 천진난만한 표정으로 따라 하는 걸 보면 걱정되지 않을 수 없어서다. 그만큼 아이들 앞에서는 작은 말과 행동도 세심한 주의를 기울여야 한다.

부모는 아이의 거울

학교 폭력 사건이 생기면 가해 학생의 보호자인 학부모도 심의위원회의 결정에 따라 특별교육을 받아야 한다. 만일 이를 따르지 않으면 300만 원의 과태료를 내야 하므로, 보호자 대부분은 처분에 응한다.

특별교육의 주요 내용은 학교 폭력의 전반적인 이해를 통한 예방 및 대처 방안, 바람직한 학부모상 및 자녀 이해 교육, 가해 학생의 심리 이해 및 학교-학부모 간 공동대처 방안 협의 등이다. 또 이수 시간은 학교 봉사의 경우 4시간 이내, 사회봉사·특별교육·출석 금지·학급 교체·전학 시에는 5시간 이상으로 부과한다.

나는 5년간 관내 Wee센터에서 수백 명의 학교 폭력 가해 학생의 학부모를 대상으로 학교 폭력 예방과 대처 방안에 대한 특별교육을 담당했는데, 가해 학생 학부모를 만날 때마다 학교 안팎에서 문제를 일으키는 아이들이 이해되어 고개가 끄덕여질 때가 많았다. 부모의 행동이 아이에게 큰 영향을 끼친다는 사실을 현장에서도 느낀 것이다.

가해 학생 부모가 해야 할 일

아래는 기억에 남는 내가 만난 가해 학생 부모들의 모습이다. 이런 학부모들을 만날 때마다 아이들에게 미안한 마음이 생기지 않을 수 없다. 어른들이 제대로 지켜주지 못한 것 같아서.

첫 번째 부모는 학교의 결정에 불복해 재심의와 행정심판을 거치고 의무교육을 받으러 와서도 잘못을 인정하지 않았다. 그저 아이와 똑같은 변명을 앵무새처럼 늘어놓았다. 두 번째는 폭력성이 심각한 초등학교 6학년 여자아이의 부모로 학폭위에 낮술을 마시고 참석했다. 아이의 조치 결정이 이뤄지는 중요한 자리에 음주 상태로 왔으니 결과는 불을 보듯 뻔했다. 가정에서 아이를 보호할 수 있는 여건이 되지 않는다고 판단해 강제 전학으로 결정됐다. 내가 담당한 사건 중 최초로 이뤄진 초등학생 강제 전학 사례였다. 또 어떤 보호자는 가정에서 아이를 감당할 수 없으니 전학을 시키든, 구속하든 알아서 하라고 했다. 과연 가정에서 포기한 아이를 보살펴줄 곳이 있을까. 학폭위 시작부터 마칠 때까지 눈물만 흘리는 학부모도 있었다. 분명히 말하지만 그런 태도는 아이의 조치 결정에 전혀 도움 되지 않는다.

가해 학생 보호자에게 요구하는 것은 딱 하나다. 아이의 잘못에 대해 인정하고, 앞으로 같은 일이 반복되지 않도록 가정에서 잘 가르치겠다는 한마디. 그런데 그 말을 하지 못해 많은 아이가 최선의 처분을 받지 못하는 듯하다. 부모라면 본인의 자세가 아이의 행방에도 작용한다는 것을 명심해야 한다.

2. 잘못된 훈육으로 가슴이 멍든 아이

유흥업소 포주를 닮은 윤찬이

담당학교에서 방학 전 한 학기를 마무리하는 학폭위가 열렸다. 그때 윤찬이를 처음 만났다. 윤찬이는 같은 반 아이들을 자기 수하처럼 부리며 괴롭혔다. 또 해당 사건의 피해 학생에게 휴대폰 무제한 요금제 가입을 강요한 후, 데리고 다니면서 무료로 와이파이를 사용하는가 하면, 늦은 밤에 불러내서 억지로 술과 담배를 강요하기도 하고, 달리기 시합을 시켜서 지면 벌칙을 주기도 했다.

그런데 놀랍게도 윤찬이의 부모님이 학폭위에 오지 않았다. 보통 가해 학생의 부모는 아이의 조치가 염려스럽기도 하고, 선처를 부탁하기 위해 참석하는데, 윤찬이의 큰 잘못에도 끝까지 모습을 보이지 않았다. 학폭위에 혼자 참석한 윤찬이는 아빠가 조직폭력배라며 자랑삼아 당당하게 이야기했다. 실제 확인해본 바 사실은 아니었지만, 아이는 그렇게 믿고 있었다. 나를 포함해 학폭위원으로 참석한 교사와 학부모들은 놀라지 않을 수 없었다. 더 충격적인 것은 아이의 말투와 행동이 학생이라고 보기 어려웠다. 마치 유흥가의 호객꾼과 똑 닮아 있었다.

정황을 들어보니 윤찬이는 3살 때 부모님의 이혼으로 아빠와 단둘이 살고 있었다. 아빠는 생계를 위해 유흥주점을 운영했고, 성장하면서 자연스럽게 아빠가 일하는 업소에서 시간을 보낼 때가 많아졌다. 그리고 같이 일하는 종업원들을 "삼촌", "이모"라고 부르면서 따랐다. 아버지와 정서적으로 교류하기 어려웠던 윤찬이는 이들에게 많이 의지했고, 일손이 부족하면 직접 술이나 안주를 나르기도 했다. 심지어 가게 앞에서 호객도 했다. 그러면서 윤찬이는 가출해서 급하게 돈이 필요한 여자아이들에게 노래방에서 도우미로 일하도록 알선했고, 그로 인해 윤찬이는 가출한 아이들 사이에서 점점 유명해졌다.

용돈벌이를 위해 빠져든 원조교제

중학생 2학년인 민선이도 윤찬이를 만났다. 민선이는 가출한 지 며칠 만에 용돈이 다 떨어져 원조교제를 하면 많은 돈을 벌

수 있다고 한 친구의 말이 떠올라 눈에 띄는 PC방에 들어가 한 채팅 사이트에 접속했다. 채팅을 시작한 지 얼마 되지 않아 40대 아저씨 2명에게서 연락이 왔고, 각 10만 원을 받고 관계를 맺었다. 그 후로도 민선이는 돈이 필요하면 PC방으로 달려갔다.

그러다가 모텔에서 윤찬이를 만나게 됐다. 윤찬이는 채팅 앱으로 만나 원조교제를 하는 여자아이들에게 그 사실을 알리겠다고 협박하며 돈을 갈취하고 있었다. 때로는 원조교제를 강요하기도 했다. 유흥가 쪽 경험이 많은 윤찬이는 여자아이들을 이용하는 포주와 다름없었다.

윤찬이는 더 많은 돈을 벌자며 민선이를 포함한 가출한 아이들을 모아서 다른 비행을 계획했다. 채팅 사이트를 통해 알게 된 성을 사는 남자들을 모텔로 유인한 뒤 먼저 들어가 씻고 있는 동안 지갑에서 돈을 훔쳐 달아나는 수법이었다. 몇몇 아이는 싫다고 도망을 시도하기도 했지만, 윤찬이가 입막음용으로 찍어놓은 영상 때문에 어쩔 수 없이 함께하게 되었다. 그렇게 윤찬이는 오토바이로 민선이를 모텔까지 데려다주는 일을 했고, 아이 중 일부는 민선이와 같이 모텔에 들어가거나, 채팅 사이트에서 성을 사는 남자들을 유인하는 역할을 했다. 그리고 아이들은 민선이가 훔쳐 온 돈을 숙박비와 유흥비에 사용했다.

지나친 양육은 비행의 원인

아이들의 범행은 오래가지 않았다. 윤찬이가 아이들과 약속한 돈을 중간에서 가로채는 바람에 불만을 품은 아이들의 신고로 중단된 것이다. 가담한 아이 모두 소년 재판을 받게 됐다.

민선이는 재판에서 집은 지옥 같았고, 아버지와 새엄마, 이복형제들은 늘 자신에게 상처를 주었다며 아버지를 원망했다. 그런데도 아버지는 아이에게 모든 책임을 돌렸다. 윤찬이도 마찬가지였다. 아버지는 자주 폭행했는데, 윤찬이는 폭행을 피하려고 조직폭력배 같은 아버지의 험한 말과 행동을 흉내 냈지만, 아버지는 혼자 키우며 아이를 먹여 살리기 위해 어쩔 수 없었다고 변명했다. 민선이와 윤찬이를 보면서 엄한 양육이 낳은 결과라고 생각했다.

발달심리학자인 로셸 헨지스 피추버그대학 교수는 아이를 엄하게 키우는 것이 도움이 될 수도 있지만, 매우 엄한 양육은 역효과가 난다고 발표했다. 더욱이 아이들이 학업을 포기하기 쉬우며, 부모보다 친구와 더 가까워지고, 남학생은 비행에, 여학생은 성적인 행동에 일찍 빠져들게 된다고 발표했다.

3. 어린 객기가 불러일으킨 참담한 결말

특별한 일을 찾는 아이들

다람쥐 쳇바퀴 돌듯이 반복되는 일상이 지루한 아이들은 항상 특별한 일을 찾아 헤맨다. 그날도 PC방에 태원이, 영호, 상덕이, 재필이가 모였다. 모두 한부모 가정이거나, 부모님의 잦은 다툼으로 집 밖을 배회하는 아이들이다. 그래도 아이들은 친구와 같이 있기만 해도, 아무것도 하지 않아도 마음이 편하고, 즐거웠다. 같은 처지에서 서로를 이해해주는 말과 행동이 강하게 끌어당긴 것이다.

태원이 : 아, 뭐 재밌는 일 없나?

상덕이 : 영철이 있잖아, 엄청 잘사는 아.

태원이 : 영철이가 뭐?

상덕이 : 걔 부모님이 급하게 서울 가서 오늘 집 빈단다.

아이들 : 잘됐다, 영철이한테 전화해봐라. 놀러 가자.

    그렇게 아이들은 영철이 집에 가서 놀기로 했다. 영철이 집은 엄청난 부자다. 100평이 넘는 초고급 아파트에 현관문이 기와집으로 리모델링을 해서 궁전 같았다. 집 안에는 방이 7개, 화장실이 3개, 주방이 2개나 됐다. 아이들은 방마다 돌아다니며, 안마기에 누워 안마하기도 하고, 미니 골프장에서 골프채를 휘두르기도 하고, 영화관처럼 꾸며놓은 홈시어터에서 영화도 봤다.

    시간이 좀 지나자 따분하긴 마찬가지였다. 잠시 후 영철이가 고급 양주 한 병을 들고 왔다. 아이들은 일제히 특별한 일을 준비해온 영철이를 칭찬했다. 그렇게 아이들은 술을 마시기 시작했고 금세 술 한 병을 비웠다. 술이 떨어지자 아이들은 다 같이 술이 진열된 영철이 아버지의 방으로 장소를 옮겼다. 방에는 헛개나무주, 인삼주 등 담금주에 위스키, 브랜디, 보드카 등 고급 양주를 비롯한 루이 로드레, 할란 이스테이트 등 유명 와인이 휘황찬란하게 진열되어 있었다.

    난생처음 먹어보는 담금주와 고급 양주에 아이들은 술에 취했다. 태원이는 넘어졌다 일어나기를 반복했고, 상덕이와 영호는 서로 싸우다가 소리 지르며 울었다. 잠시 후 벨소리가 울려 확인해보니, 아래층 주민의 신고를 받고 올라온 경비원이었다. 경비원은 아이들끼리 술에 취해 있는 모습을 보고 경찰에 신고했고, 아이들은 집 밖으로 도망을 나왔다. 집 밖은 영하 3도의 한겨울 날씨였고, 아이들은 갈 곳이 없었다. 그러다가 주차장에 주차된 영철이 아버지의 차를 보게 됐다.

불행의 시작을 알리는 굉음소리

영철이 아버지의 차는 시트만 몇천만 원에 고급휘발유를 넣고 다니는 지방에서 보기 드문 고급 스포츠카였다. 아이들은 영철이를 꼬드겼다.

태원이 : 영철아, 추운데 안에 타고 있자.

상덕이 : 그래 안에 타고만 있으면 되지 뭐.

영철이 : 타고만 있어야 한다. 아버지 알면 맞아 죽는다.

영철이는 집에 가서 몰래 차 키를 가지고 나왔고. 아이들은 차 안으로 들어갔다. 길에서도 보기 힘든 차 안에 탄 아이들은 차의 고급스러움에 또 한 번 놀랐다. 그때 아빠 차를 운전해본 경험이 있다며, 태원이가 운전석에 앉았다. 그리고 히터를 켜기 위해 시동을 시켰고. 시동 소리를 들은 아이들은 흥분하기 시작했다.

태원이 : 와, 달리고 싶다!

상덕이 : 엔진 소리 죽인다. 그런데 니 진짜 운전할 줄 아나?

태원이 : 그래 아빠 차 몰고 해운대까지도 가봤다.

아이들 : 그러면, 우리 해운대 가자.

그렇게 아이들은 도로를 달리기 시작했고, 속도감을 느낀 아이들은 하나같이 창문을 열고 찬 겨울바람을 맞으며 "달려라, 달려!"를 외쳤다. 그리고 얼마 지나지 않아 '쾅!' 하는 굉음 소리가 났다.

스포츠카와 끝나버린 비행

차량이 길가에 주차된 트레일러를 보지 못하고, 들이받아 차량 밑으로 완전히 들어가 버린 것이었다. 지나가던 목격자의 신고로 현장에는 119 구급대와 경찰관이 출동했다. 현장에는 적막감이 돌았고, 화물차 밑으로 완전히 들어간 스포츠카를 밖으로 끌어내는 작업은 시간이 꽤 걸렸다. 약 2시간이 지나자 완전히 찌그러져 지붕이 날아간 스포츠카가 모습을 드러냈다. 앞 좌석은 시트가 완전히 뒤로 넘어간 상태로 운전석에서 태원이가 신음하고 있었고, 조수석에 있던 영철이는 아무런 반응이 없었다. 아이들은 모두 응급실로 이송됐다.

30여 분의 작업을 더 거친 후 뒤로 완전히 젖혀진 시트를 앞으로 빼냈다. 현장은 갑자기 숙연해졌다. 작업하던 119 대원도, 현장 상황을 파악하던 경찰관들도 당황하긴 마찬가지였다. 시트 뒤에 몸이 구겨진 상태로 납작하게 눌려있는 아이 3명을 발견한 직후였다. 아이들은 호흡과 맥박이 없었다. 바로 영안실로 이송됐다. 시트에 눌려 압사당한 것이었다. 치료를 받던 영철이도 상태가 나빠져 심폐소생술 끝에 영안실로 자리를 옮겼고, 운전했던 태원이는 정신이 나간 듯 치료를 받다가 아프다고 소리를 지르며 여기저기 뛰어다니기 시작했다. 현장은 완전히 아수라장이었다. 이런 상황을 부모들에게 알리는 경찰관도 할 짓이 아니긴 마찬가지였다.

경찰 : 어머님, 영철이가 교통사고 나서 현재 영안실에 있습니다.
영철이 어머니 : 네, 거짓말이죠? 잘못 전화하신 거죠?

청소년기 부모들의 부재나 잦은 싸움은 아이들을 불안하게 하고, 정서적으로 안정을 찾지 못하는 아이들은 자주 집 밖으로 돌면서 친구들에게 의지하게 된다. 영철이와 아이들의 사건은 철없는 아이들의 잘못된 선택과 부모의 부재가 결합해서 발생한 참극이었다. 그 이후로 나는 아이들과 부모들 상대로 강의할 때마다 목소리가 점점 커졌다.

4. 집단화되어가는 학교 폭력

학기 초 남학생들 간 금품 갈취

남자들은 학창 시절 한두 번 불량스러운 형들에게 돈을 뺏겨 본 경험이 있다. 나 역시 사고 싶었던 옷도 사고, 오락실도 가려고 꼭꼭 숨겨두었던 용돈을 뺏긴 적이 있다. 어디서 돈 냄새라도 나는지, 기가 막히게 돈이 있다는 걸 알아채는 그들은 가장 먼저 인적이 드문 골목으로 끌고 간다. 그리고는 "이 형이 지금 배가 아주 고프니까 빵 사 먹게 돈 좀 줘."라고 한다. 이때 눈치 없는 아이들이 머뭇거리기라도 하면 때릴 듯이 위협하며 "뒤져서 나오면 10원에 한 대다."라며 돈을 뺏는다.

크게 다치지만 않는다면 우연히 만난 불량스러운 형들은 다시 만날 일이 없으니 웃지 못할 헤프닝으로 넘길 수도 있을 것이다. 문제는 학교 내의 상습적인 금품 갈취다.

학교에서는 금품을 갈취하거나, 물건을 망가뜨려도 그저 "빌렸다.", "곧 갚을 거다.", "실수였다."라며 변명을 일삼는다. 하지만 적절한 보상이 없다면, 모두 금품 갈취다.

여학생들의 따돌림

학생들 간의 괴롭힘, 왕따 등의 문제는 해결이 쉽지 않다. 정황만 있는 경우에는 더욱 어렵다. 아이들이 부모에게 상황을 전달해 아무리 해결하려고 노력을 기울여도, 심증과 정황만 있을 때가 대부분이어서 학교에서도 어려워한다.

예를 들면, 한쪽에선 째려본다고 여기지만, 상대방은 그냥 쳐다봤다고 한다든지, 의도적으로 몸을 부딪치고 지나간 것을, 실수로 부딪쳤다고 한다든지, 상대방이 들리도록 수치심을 주는 말을 했더라도 혼잣말을 했다고 하는 식이다.

특히 여학생들 중심으로 발생하는 은근한 따돌림 '은따'는 폭력의 형태가 명확하게 드러나지 않아서 더욱 그렇다. 여학교에서는 보통 새 학기가 되면 새로운 교실에 모이는 학생들의 수다로 시끄럽다. 같은 반이 된 친구들을 자세히 살피며 한 해 동안 본인이 어느 무리에 어울릴지 고민하기도 하는데, 친하게 지내던 몇몇 아이가 무리를 만들어서 어울리기 시작하면 마음이 급해진다. 빨리 서두르지 않으면 어느 무리에도 끼지 못하는 불상사가 생겨 1년 동안 외롭게 지낼 수 있기 때문이다. 이런 기 싸움이 간혹 폭력으로 번지기도 한다.

실타래처럼 얽혀있는 관계

비슷한 사건으로 학기 초 중학생 2학년인 강민이가 112에 신고했다. 같은 학교 선배인 학교 짱 도원이가 1년 동안 "배가 고프다.", "여자친구와 기념일이다." 등 갖은 구실로 강민이에게 수시로 돈을 모아오라고 시켰다고 했다. 그리고 강민이는 보복이 두려우니 피해 진술을 절대로 하지 않겠다고 밝혔다. 이에 사실관계 확인을 위해 학교 측의 양해를 구하고 수업 중인 도원이를 불러냈다.

나 : 도원아, 후배들이 니한테 돈을 많이 뺏겼다고 신고했던데.

도원 : 누가요? 전 그런 적 없어요!

나 : 나중에 경찰서에서 호출할 건데 혹시 그런 일 있으면 돈 다 돌려주고, 절대로 후배들한테 신고했냐고 묻지 마라, 알겠제?

도원이는 절대로 그런 일이 없다며 격하게 부인했다. 차후에 조사하기로 하고 간단한 신고내용만 확인한 후, 경찰서로 돌아오는 길에 강민이에게 다시 신고가 들어왔다. "아저씨, 도원이 형이 경찰에 신고했냐면서 죽을 준비하고 있으래요. 혹시 제가 신고했다고 말씀하셨어요?"라는 것이었다. 순간 어딘가 이상한 느낌이 들었다. 아이들 사이에서 놀아나는 듯했다. 알고 보니 강민이와 도원이는 학교 규칙을 어기고 숨겨둔 휴대폰으로 계속 연락하고 있었다. 아이들의 관계를 좀 더 들여다볼 필요가 있어 보였다. 1년 동안 지속해서 돈을 갈취했다는 것은, 그만큼 많은 액수의 돈이 꾸준히 필요했다는 것인데, 갑자기 돈이 필요해서 돈을 갈취할 수도 있지만, 또 다른 문제가 있을 가능성도 있었다. 보통 아이들 사이에선 선·후배 관계가 형성되는데, 그렇다고 아무한테나 돈을 가져오라고 시키진 않는다. 분명히 특별한 관계가 있어 보였다.

조사를 마친 결과 내 예상이 맞았다. 아이 중 선배는 후배에게 돈을 걷어 용돈으로 사용하는 대신 뒤를 봐줬고, 후배는 선배의 배경을 믿고 또래 사이에서 군림하고 있었다. 무리는 남녀 1~3학년 학생 30여 명으로 구성되어 있었는데, 강민이 여자친구 무리가 도원이 여자친구 무리와의 기 싸움에서 밀리면서 도원이를 골탕 먹이기 위해 신고한 것이었다. 아이들은 모두 공범이었다.

지금은 1학년들이 피해자로 보이지만, 선배가 되면 후배들에게 똑같은 방법으로 돈을 갈취하는 악순환을 반복하고 있었음을 알게 됐다. 아이들에겐 처벌보다 관계를 차단하고, 예방하는 것이 급선무인 듯했다.

특단의 조치로 스쿨 폴리스가 총출동했다. 관련된 아이 30여 명을 모두 분리해서 조사한 뒤 처벌 대신 잘못된 선·후배 관계를 명확하게 차단했다. 또 각자의 잘못을 반성하며, 같은 잘못을 저지르지 않도록 각서를 받는 특별한 교육을 시행했다. 교육 후에는 재발 방지 차원으로 멘토를 정해 스쿨 폴리스와 정기적인 만남을 이어갔다.

몇 년 후 아이들은 스쿨 폴리스 덕분에 학교생활을 성실하게 해서 대학에 합격했다며, '대학 합격통지서'를 보내오는 아이도 있었고, 취직했다며 감사 인사를 보내오기도 했다. 때론 어려움을 겪기도 했지만, 멋진 사회인으로 성장해준 아이들이 대견하고 고마웠다.

5. 잊어서는 안될 이유

학교를 자기 세상으로 만든 철영이

"철영이 아빠가 그렇게 유명하다며?"

"네, OO안과 대표 원장이에요. 친구도 거기서 수술했는데 예쁘게 잘됐다면서 실력 인정하더라고요."

"그래? 나도 거기 한번 가봐야겠네."

학폭위가 열리는 날, 미리 도착한 학부모들끼리 나눈 대화 중 일부다. 앞서도 언급했지만, 학폭위 위원은 해당 학교 교사, 학부모, 관련 전문가로 구성하는데, 학교 측과의 중립성을 위해 학부모 수를 반드시 절반 이상으로 둔다. 그래서 친분이 쌓인 학부모들은 학폭위가 열리는 날 서로 안부를 묻기도 하고 일상을 나누기도 하는데, 어쩌다 보니 학부모 위원들의 담소를 듣게 됐다. 분위기를 보아하니 학폭위 대상 학생의 아버지를 두고 하는 말

같았다.

　내 예상이 적중했다. 철영이가 한 아이를 집요하게 괴롭힌 것이 밝혀져 학폭위가 열린 것이었다. 철영이는 또래보다 덩치도 컸고, 아이들은 철영이를 잘 따랐다. 알고 보니 부모님이 주는 넉넉한 용돈을 이용해 아이들을 몰고 다녔다. 그 누구도 두렵지 않았던 철영이는 친구들을 동원하는가 하면, 매일 방식을 바꿔가며 한 아이에게 지속해서 폭력을 행사했다. 심지어 그 행동에 가담하지 않는 아이는 같이 따돌려가면서.

　그러던 어느 날, 한여름에도 토시를 하고 다니는 아이를 이상하게 여긴 담임교사가 토시를 내려 팔을 확인하면서 철영이의 폭행 사실을 알게 됐다. 상처와 멍 자국만 봐도 폭행이 오랫동안 지속됐음을 가늠하게 했다. 그런데 피해 학생의 상태는 눈에 드러난 것보다 더욱 심각했다. 아이는 방과 후 철영이를 피해 일부러 먼 길을 돌아 집으로 갔으며, 상대방의 눈을 제대로 쳐다보지 못했다. 또 수면 장애로 정신과 치료까지 받고 있다고 했다. 당연히 성적도 예전 같지 않았다.

적반하장을 보여준 가해 학생 가족

본격적인 회의가 시작되자 철영이와 철영이 부모님이 들어왔는데, 이례적인 장면이 눈앞에서 벌어졌다. 사안 조사부터 변호사가 참여한 것이다. 그리고 변호사는 사안의 본질보다 법에 대한 전문성이 부족한 교사와 학교 측을 압박하며, 절차상 하자를 문제 삼았다.

더 가관인 것은 담당 교사의 사안 설명에 철영이는 하나도 인정하지 않았고, 유명한 안과병원의 대표 원장이라는 아버지도 철영이 옆에서 아이의 변명을 거드는 모습이었다. 또 변호사는 학교 측의 조사는 강압에 의한 것으로 신뢰할 수 없다며, 변호사의 입회하에 재조사를 요구했다. 게다가 직접 만들어온 설문조사 양식에 따라 반 아이들을 조사해달라는 무리한 요구도 있었다. 하는, 수없이 철영이 측의 요청에 따라 재조사가 이후 위원회를 다시 열기로 했고, 며칠 후 위원회가 다시 열렸다.

수많은 사안을 보아왔던 나는 학교 측의 조사내용만 봐도 결과가 그려졌다. 위원들은 한 치의 망설임도 없이 만장일치로 철영이에게 최고 징계인 강제 전학 처분을 내리는 데 동의했다. 모두 피해 학생의 보호가 최우선이라고 생각한 데서 내린 결정이었다. 하지만 어이없게도 철영이 측은 위원회 결과에 대해 재심을 청구했다. 그리고 재심이 기각되자 행정청을 대상으로 행정 심판을 거쳐 소송까지 진행했다. 그에 더해 소송을 진행하는 동안 법원에 강제 전학 집행 정지 신청을 했고, 해당 법원은 이를 받아들여 철영이와 피해 아이는 계속 같은 반에서 얼굴을 봐야 했다. 있어서는 안 되는 일이 일어나고 말았다.

잊어서는 안 될 경찰이 학교에 들어간 이유

상황이 이렇게 되자 학교 측에서는 재발 방지를 위해 노력하겠다며 학교를 믿어달라고 했지만, 얼마 후 담임교사는 장기 병가로 휴직을 신청했고, 학폭위 위원장이던 교감 선생님은 교육청으로 발령이 나서 교체됐다. 가장 아쉬움으로 남은 부분은 조사부터 소송까지 약 1년이 걸리면서, 결과와 상관없이 아이들이 상급 학교에 진학했다는 점이다. 즉, 학폭위의 조치가 아무런 의미가 없게 된 것이다. 나는 이런 상황을 미리 예견하고 학폭위에서 철영이의 강제 전학과 더불어 전학이 이행될 때까지 학급 교체를 주장했지만, 학교 측의 완강한 거부로 받아들여지지 않았다. 결국 철영이는 소송에서 패소해 특별교육이라는 조치를 받았지만, 정작 본인의 잘못을 모른 채 상급 학교로 진학했고, 피해 학생은 제대로 보호받지 못했다.

철영이 사건을 계기로 가해 학생 측은 학교 폭력과 관련해서 무조건 소송까지 가고 보자는 경우가 많아졌고, 피해 측은 학교 측의 안일한 대응으로 피해자를 제대로 보호하지 못한 학교를 더 이상 믿지 못해 무조건 경찰에 도움을 요청하게 됐다. 학교에서의 학폭위가 더 이상 학교 폭력에 제대로 대응하지 못하게 됐다는 뜻이다.

학교 폭력은 성인 범죄와 달리 학생 간 복잡한 문제가 혼재되어 있어 법보다는 학교 안에서 문제를 해결해야 한다. 물론 법의 힘을 빌리는 것이 국민의 권리이지만, 학교 폭력에 있어서만큼은 철영이 사건에서 보듯이 바람직하지 않다. 학교는 학교 폭력에 제대로 대응하지 못해 어린 생명이 안타깝게 목숨을 잃는 사건을 계기로 학교 폭력 법이 강화되고, 학폭위가 생겨났지만, 여전히 안일한 대응으로 학생들을 불안하게 했다. 학교는 경찰이 학교까지 들어간 이유를 결코 잊어서는 안 될 것이다.

6. 성장통을 겪는 SPO (school police officer)

나날이 깊어지는 학교 폭력의 피해

학교 폭력 문제는 과거부터 있었지만, 사회문제로 심각하게 대두된 것은 2011년 대구 중학생 자살 사건 이후다. 그때부터 학교 폭력 근절을 위해 여러 제도를 도입하고 있지만, 여전히 해결되지 않고 있다. 또한 2019년 스포츠계에서 출발한 학교 폭력 미투 논란은 연예계까지 번지면서 잘나가던 스포츠 스타, 연예인들의 활동을 중단시켰다. 이를 통해 학교 폭력에 대한 시각이 부정적임을 알 수 있고, 이에 따라 학교 폭력을 방지하는 SPO의 필요성이 강조됐다.

그러나 2016년, SPO가 담당하던 여고생과 성 추문을 일으키면서 제도 자체를 폐지해야 한다는 목소리가 나오기도 했다. 이때 한국교원단체총연합회는 전국의 유치원 및 초·중·고 교원

669명을 대상으로 모바일 설문조사를 실시했으며, 그 결과 SPO 제도가 학교 폭력 예방과 교내 안전 확보에 도움이 된다는 응답이 전체의 62.1%를 차지한다고 밝혔다. 또 김석준 부산시 교육감의 취임 2주년 기자 회견에서 학교 자체에 전문 상담교사를 배치하면 학교 전담 경찰관은 굳이 필요 없다고 말했지만, 현직 교사 80%는 학교 전담 경찰 제도가 필요하다는 견해였다. 다만 보완해야 한다는 의견이 80.7%를 차지했다.

2022년 서울특별시 자치경찰 위원 회의는 시민에게 다가가는 자치경찰제 확립을 위해 여론조사를 시행했는데, 시민 10명 중 7명이 청소년 간의 학교 폭력 문제가 심각하지만 학교 폭력에 대한 경찰의 대응 시스템은 부족하다고 느꼈다. 더불어 강력 범죄라고 볼 수 있는 사건에 대해서라도 경찰의 적극적인 개입이 필요하다고 생각하는 의견이 많았다.

학교 폭력 지도의 한계

학교 현장은 하루가 다르게 변하고 있다. 수업 시간에 잠자는 아이를 깨워야 할지, 말 아야 할지 고민된다고 하는 교사도 있는데, 학생이 교사에게 기어오르는 것이 이제는 이상한 일이 아니게 됐기 때문이다. 스승의 그림자도 밟지 않는다는 말은 이제 옛말이 됐고, 그만큼 교권이 바닥을 치고 있음을 증명해주고 있다. 나 또한 현장에서 교사에게 욕하고, 덤비는 학생을 자주 목격한다. 특히 비행을 경험한 아이들은 교사의 지도를 겁내지 않는데, 현 규정상 교사가 학생을 체벌할 수 없다는 것을 잘 알고 있어서다. 자칫 손이라도 올라갔다가는 112에 신고하기 일쑤다.

사정이 이렇다 보니 열정을 가진 교사는 아이들을 지도하다가 마음의 상처를 입기도 한다. 학교 폭력 담당 교사들은 사안이 발생하면 조사를 해야 하는데 아이들이 거짓말을 하거나, 학교에 나오지 않으면 조사는 거기서 멈춘다. 학교 밖 아이들이나 다른 학교 아이들이 연루되어 있으면 더 그렇다. 뻔한 거짓말을 반복해서 호되게 야단이라도 치면, 강압적 조사라며 사건의 본질은 흐리고, 절차를 문제 삼는다.

이러한 이유로 학교는 아이들의 지속적인 괴롭힘이나 따돌림과 같은 폭력에 제대로 대처하지 못하기도 한다. 일부 교사는 온라인 카페 등에서 경찰이 학교에 상주해서 학교 폭력이나 선도를 맡아주면 교육에 더 집중할 수 있다고 주장하기도 한다. 학교 폭력에 있어서만큼은 교사가 지도하는 데 따르는 한계에 의한 목소리다.

SPO 제도 개선이 필요한 이유

초창기 SPO의 여건은 지역별로 차이가 있지만, 교육기관에 파견 식으로 상주함으로써 학교 폭력 업무에만 전념할 수 있었다. 열정 있는 SPO들은 스스로 상담을 공부하고, 사비를 들여 강의 기법을 배우는 등의 노력도 했다. 그 덕분에 제도 시행 1년 후 실시한 학교 폭력 전수조사 결과 피해 경험률 감소, 체감안전도 및 경찰 활동 만족도 향상과 같은 긍정적인 평가를 받았다.

반면, 제도의 실효성과 인권 침해 등 부정적인 시각도 있었다. 하지만 당장 학교 폭력 문제가 학교 행정력만으로 효율적으로 대처하기 어려운 상황인데다가, 무엇보다 교사들이 스승으로서 위엄을 갖추고 학교 폭력에 맞설 수 있다는 믿음과 여건이 갈수록 약화하고 있었다. 이 같은 현실을 보완하여 고통받는 피해 아이들을 보호하는 차원에서 SPO의 필요성이 강조됐다. 내가 활동하는 지역만 하더라도 4명이던 SPO가 한 해 만에 15명으로 늘어난 것만 보더라도 알 수 있다.

그런데 SPO의 인원이 늘어나면서 관리 감독과 운영의 문제로 다시 각 경찰서로 재배치됐다. 여성청소년과가 만들어지기까지 몇 차례 직제 개편의 과도기도 겪었다. 또 경찰 업무와 병행

해야 했기에 업무 부담이 커졌다. 홍보활동으로 평가하는 성과 지표를 위해 SPO들을 동원하기도 했다. 그에 더해 경찰청에서 는 설문조사 기관에 의뢰해 학생들에 대한 인지도와 기여도로 SPO를 평가했다. 활동 기관과 평가 기관이 다른 현실과 맞지 않 는 잘못된 평가였다. 잘못됐다는 것을 알았지만, 몇몇 SPO는 좋 은 평가를 받기 위해 인형 탈을 쓰고 거리를 나가기도 했고, 명 함을 돌리기도 했으며, 현수막도 내걸었다. 심지어 SNS를 운영 하는 학생을 대상으로 진행하는 평가라는 점을 활용해 학생들 입맛에 맞춘 이벤트를 진행하기도 했다. SPO가 경찰의 홍보도 우미로 전락한 것이나 마찬가지였다.

그런 가운데 2016년, SPO와 담당 여고생 간의 성 추문이 번 졌다. 자연스레 SPO의 활동에 제약이 따랐고, 인력난에 허덕이 는 다른 부서 경찰들도 SPO를 회의적으로 바라보기 시작했다. SPO 내부의 사정도 마찬가지였다. 인원은 늘어났지만, 학교 폭 력 업무는 오히려 줄었다. 교육청에서 나옴으로써 현장에서 몸 만 멀어진 것이 아니라 마음도 멀어진 것이었다. 경찰이 교육기 관에 들어가, 폭력의 심각성에 관해 이야기하는 것만으로도 효 과가 있었던 시절이 있었다. 경찰이 갖는 사법권이라는 상징성 에 의해 아이들이 두려워한 것이 가장 큰 이유였다. 그런데 SPO 제도 도입 후 10년이 흐른 지금은 SPO가 상담만 한다는 것을 아이들이 알게 되면서 체벌하지 않는 교사와 다르지 않다고 여기고 있다. SPO의 활동에 제약이 따른 데서 온 결과다. 제한적인 상담만으로 학교 폭력을 예방하고, 대처하기에는 한계가 있다. 강력 범죄에 대해서 만이라도 경찰의 적극적인 개입이 있어야 가해 학생을 선도하고 피해 학생을 보호할 수 있다.

7. 내가 학교를 만들줄이야

교장이 되기로 한 SPO

어느 순간부터 학교 폭력 예방 교육 전달 방식의 보완이 필요하다는 의견이 나왔다. 단순히 이론적인 내용만 전달해서는 다변화된 학교 폭력에 적절히 대응하기 어렵다는 것이 그 이유였다. 이에 더 실효성 있는 교육이 요구됐고, 그러려면 학생 눈높이에 맞는 체험형 교육이 적절하다는 결론이 나왔다. 더 나아가 안전교육을 비롯한 역할극, 경찰 체험 등의 운영이 가능한 공간을 마련하기로 했다. 그것이 지금의 「청소년 경찰학교」의 출발점이었다.

설치 장소는 경찰청에서 일괄하여 지정되어 내려왔다. 당시 전국 5곳에 경찰학교가 운영 중이었고, 다시 몇 군데가 추가됐는데 그중에 울산 남부가 포함되어 있었다. 경찰청의 지시에 따라 누군가는 경찰학교의 공사부터 설치 및 운영에 이르기까지 모든 업무를 도맡아야 했다. 그런데 아무도 손을 들지 않았다. 그도 그럴 것이 기존에 자신의 업무에 추가로 한반도 해보지 않은 건물에 대한 예산 집행에 장소와 업자 선정 그리고 프로그램 운영에 이르기까지 1년 농사를 덤으로 도맡아야 하는 상황이었기 때문이다. 그야말로 무에서 유를 창조해야 하는 현실 앞에서 모두가 주저했다. 결국 내가 총대를 메기로 했다.

청소년 경찰학교를 책임지기로 하고 가장 먼저 한 일은 장소 물색이었다. 경찰청 지시에 따르면 예산 절감 차원에서 현재 사용하지 않는 파출소 건물을 활용해야 했다, 선택의 여지가 좁았다. 관내 파출소 건물은 대부분 30년이 넘어 낡은 데다가 그곳을 주로 이용할 학생들의 안전을 고려해야 했다. 그 사람 다음으로 접근성, 편의성, 내부 활용도를 염두에 두고 압수물 창고로 사용 중인 옛 파출소로 선정했다. 3층 구조라 공간도 넓고 실용성도 높았다. 특히 학원이 밀집된 지역이라 학생들이 오가기에도 좋았다.

간절함이 만들어낸 기적의 리모델링

총예산은 4,000만 원, 그중 리모델링 대금이 3,000만 원이었다. 28평짜리 아파트 리모델링도 기본 2,000만 원은 투자해야 하는데, 3층 건물을 3,000만 원에 해결해야 했다. 그것도 30년이 훌쩍 넘어 손볼 곳이 이만저만한 공간을 말이다. 눈앞이 깜깜해 한숨이 절로 나왔다. 그래도 엎질러진 물이니 시작해야 했다. 인테리어 전문가 몇몇 분께 의뢰했지만, 예상했던 대로 하나같이 고개를 흔들며 뒤도 안 보고 돌아갔다.

깊은 고민에 빠져 있는데 문득 선도 활동 중 알게 된 상담협회의 김덕제 국장이 떠올랐다. 언뜻 인테리어 업무를 한다고 했던 것 같아 무작정 찾아가 사정을 구구절절 전했다. 한참을 듣기만 하던 국장은 아무 말도 하지 않았다. 안면이 있었던지라 단칼에 거절하지 못하는 듯했다. 내가 생각해도 고생은 고생대로 하고 돈도 안 되는 일을 하기 싫었을 것이다. 하지만 다른 대안이 없었던 나는 틈만 나면 국장을 찾아가 괴롭혔다. 그렇게 약 2주를 찾아갔더니 "한 번만 생각해보죠."라는 긍정적인 답변이 돌아왔다. 그래도 마음을 놓을 수 없었던 나는 꾸준히 연락했고, 그런 내가 안쓰러워 보였는지 김 국장은 어느 날, "현장에 한 번 가봅시다."라고 했다. 건물 내부는 상상했던 것보다 심각했다. 거미

줄과 곰팡이는 기본이고, 바닥과 천장은 심하게 변색 되어 있었으며, 옥상의 물탱크는 겨울이 되면 얼어서 동파됐고, 비가 오면 물이 새서 전기 누수 위험까지 있었다. 전체를 둘러본 김 국장은 아무 말 없이 돌아갔다가 며칠 뒤 전화했다. "공사 마치면 건물 입구에 기부자들 명패 하나 달아주세요."라고. 드디어 청소년 경찰학교가 될 건물의 공사 착수에 들어갔다.

기쁨도 잠시 조급함이 밀려왔다. 두 달 안에 리모델링을 마무리해야 했기 때문이다. 그런데 내가 점검차 공사 현장을 방문할 때마다 김 국장은 없는 예산에 인건비를 아끼기 위해 혼자 땀을 뻘뻘 흘리며 작업하고 있었다. 무리한 공사를 맡긴 나는 하는 수 없이 두 팔 걷고 시간 나는 대로 현장으로 달려가 김 국장을 도왔다. 한 번도 해보지 못한 페인트칠에 입고 간 옷을 버리기도 했고, 익숙지 않은 못질에 손을 다치기도 했다. 그래도 조금씩 변해가는 공간을 보면서 설레는 마음으로 "이럴 줄 알았다면 학교 다닐 때 미술 시간에 붓질이라도 열심히 배울 걸 그랬다."라는 우스갯소리를 하면서 즐겁게 임했다.

전국 최고 학교의 꿈을 품은 창고

"경위님, 이왕이면 전국에서 제일 좋은 학교를 만들 겁니다."

말로는 기간 안에 완료만 하면 된다고 했지만, 전국에서 제일 좋은 학교를 만들고 싶은 욕심이 있었다. 이러한 마음은 김국장도 마찬가지였다. 우린 일심동체가 되어 서울의 경찰박물관과 비교적 잘 운영되고 있다는 인천의 한 경찰학교를 답사했다. 그후, 깊은 고민에 빠졌다. 그도 그럴 것이 수십억을 투자한 경찰박물관과 대기업에서 새 건물을 기부받아 운영 중인 경찰학교는 그 자체만으로도 근사했다.

가장 신경 쓰인 부분은 건물 외벽과 입구였다. 건물 외벽은 청소차를 불러 물청소를 했다. 이미 변색이 심해 청소로 해결되지 않는 곳은 대형 사진으로 막아 이를 해결하기로 했다. 입구에는 경찰 제복을 입은 남녀 마네킹을 유리관에 전시해서 아이들의 호기심을 자극했다. 실내는 고급스러운 분위기를 연출하기 위해 창문은 모두 막고, 곳곳에 조명을 설치했으며, 천장은 페인트로 칠하고, 바닥은 강마루를 깔았다. 거기에 유리관에 넣은 학교지역 모형을 놓았다. 그것은 김 국장의 지인이 자기 아들이 학교지역에서 교통사고를 당한 경험이 있다며 기부한 것이었는데, 덕분에 1층이 더 근사해졌다. 그 외에도 적은 예산 탓에 지역사회의 기부와 도움으로 내부가 채워졌다. 2~3층으로 올라가는 계단 벽면에는 아이들이 좋아할 만한 경찰 사진을 걸고, 조명을 쏘아 박물관 느낌을 살렸다.

2층은 과학수사방과 교통체험방을 만들었다. 현장감을 더하기 위해 과학수사방에는 실제 범죄 현장 사진을 크게 확대해 한쪽 벽면을 채웠고, 교통체험방은 바닥을 도로처럼 꾸미고, 불용처분된 실제 신호등을 기부받아 벽에 붙였다. 부엌이 있던 장소에는 싱크대를 떼어내고, 경찰청장방으로 꾸며 포토존으로 활용했다. 3층은 직원 탈의실로 쓰던 가건물이었다. 한쪽 벽면은 거울로 채우고, 경찰 제복과 장비를 전시해 아이들이 직접 만져보고 착용해볼 수 있도록 꾸몄다. 약 2시간의 체험을 마치면 경찰 마크가 새겨진 티셔츠와 수료증을 기념으로 제공하는 계획도 세웠다.

완성 날짜가 점점 다가오자 낡은 건물의 변화가 눈에 띄기 시작했고, 지나다니는 사람들도 관심을 보였다. 그렇게 모두가 함께 만든 청소년 경찰학교는 전국 최고의 경찰학교가 됐다. 개교식 날 김국장과 나는 밤늦게까지 이야기꽃을 피웠고, 형님 동생하는 사이가 됐다. 두 사람이 뭉치면 뭐든지 같이 할 수 있을 것이라는 믿음도 생겼다.

8. 십대들의 둥지

다시 넘어야 할 산, 학교 운영

청소년 경찰학교를 만드는 과정 중에 가장 힘든 것은 전후 사정을 모르는 경찰서 사람들이었다. 나를 통해 "사진이 마음에 안든다.", "문구를 바꿔라", "색깔이 어둡다." 등과 같은 무리한 요구를 계속해댔다. 김 국장과의 사이에서 의사를 전달해야 하는 나로선 그 말들이 더욱 불편하게 만들었지만, 김 국장은 나를 믿고 끝까지 참아주었다. 다시 생각해도 고마운 일이다.

개교식이 있던 날, 경찰청장을 비롯한 여러 지역 인사가 참석했다. 예술학교 악단의 연주가 더해져 풍성했다. 그날이 있기까지 힘들었지만 고생한 보람이 있었다. 반면 어떻게 만들어진 결과물인 줄도 모르고 다른 곳과 비교를 해대는 사람들로 인해 속이 상하기도 했다. 그런 마음이 드는 걸 보니 '내가 정말 교장이 됐구나.' 싶었다.

나중에 들은 얘기지만, 김 국장은 내가 어떻게든 학교를 세울 사람 같았단다. 그만큼 내 의지가 확고해 보인 것이다. 제3자의 눈에도 그렇게 비쳐졌으니 내 의지가 얼마나 컸는지 알 수 있다. 그로 인해 리모델링을 마친 후, 새로운 고민에 빠졌다. 연간 운영비 1,000만 원이 전부였지만, 알찬 프로그램으로 학생들을 맞이하고 싶었다. 그러려면 능력 있는 전문 강사도 필요했고, 방문한 아이들을 빈손으로 돌려보낼 수도 없었다.

귀한 인연을 맺게 해준 무대뽀 정신

경찰청에선 경찰학교 운영에 필수교육으로 학교 폭력 역할극을 요구했다. 나는 역할극을 교육해줄 강사를 구하기 위해 무작정 울산연극협회를 방문했다. 난생처음 연극협회 문을 두드리면서 빈손으로 찾아갔다. 그리고 무턱대고 "학생 대상의 학교폭력 예방교육을 해주실 분이 있을까요?"라고 물었다. 물론 강의료는 턱없이 적은 금액이었다. 예상한 대로 싸늘한 반응에 돌아가려던 찰나 한 회원이 "그런 건 김현정 단장님이 좋아할 것 같은데, 공연 끝나면 문의해보세요."라고 했다. 희망이 보였다.

공연이 끝날 때까지 기다려 마주한 김 단장은 온몸이 땀으로 범벅이 돼 있었다. 나는 그런 그에게 쉴 틈 없이 청소년 경찰학교의 상황을 설명했다. 아니다 싶으면 빨리 다른 곳을 알아봐야 했기에. 그런데 놀랍게도 "한번 해보죠. 재미있을 것 같네요."라고 한꺼번에 수락했다.

그렇게 나는 김 단장과 인연을 맺었고, 그는 지금까지 청소년 경찰학교의 역할극을 도맡아주고 있다. 그 외에도 무대뽀 정신으로 섭외한 강사 3명으로 학교를 운영하고 있다.

추억에 남은 십대들의 둥지

경찰학교는 방문한 아이들로 입소문이 나기 시작했다. 또 체험 후 받은 경찰 마크가 새겨진 티셔츠와 사진이 들어가 있는 수료증은 아이들 사이에서 인기몰이했다. 다른 지역에서 원정 체험을 올 정도였다. 그렇게 체험 신청이 폭주했지만, 장소가 협소해 안전상의 문제로 1회 수용 인원이 10명 안팍으로 제한해둔 상태였다. 그렇다 보니 체험 신청을 위해 청탁이 들어오기도 했고, 어렵게 만든 학교가 인정을 받는 듯해 무척 뿌듯했다.

이런 수요를 파악하고 학기 중에 체험하지 못한 아이들을 위해 청소년 경찰학교를 방학 전 기간 동안 개방하기로 결정했다. 그에 따라 SPO들이 돌아가며 아이들을 맞이했고, 누구나 들어와서 쉬어갈 수 있도록 카페식으로 운영했다. 학생들이 좋아하는 음악을 틀어놓고, 영화도 볼 수 있도록 했으며, 지역사회에 책을 기부받아 작은 도서관도 마련해둔 것이다. 그뿐만 아니라 갈 곳이 없는 아이들에게 휴식 공간이 됐으면 하는 바람으로 간식을 구비해두는가 하면, 고민을 들어줄 수 있는 상담사와도 연결했다. 실제로 형들에게 협박을 받던 아이가 도움을 요청했던 사례도 있었고, 배고프다며 밥 사달라고 찾아오는 아이도 있었다. 그곳의 이름은 바로 '십대들의 둥지'였다.

십대들의 둥지라는 네이밍에 얽힌 추억이 있다. 운동을 유난히 좋아했던 나는 고등학생 때 체대 입시를 준비했다. 나와는 달리 공부가 싫어 무작정 운동하는 아이들도 있었다. 체대반 아이들은 보통 밤늦게까지 자율학습을 하지 않고, 4교시 수업을 마치고 운동 후 귀가했는데 이때 이런저런 핑계를 대면 운동 열외도 가능했다. 그것이 문제였다. 일찍 귀가한 아이들끼리 무리를 지어 다니며 비행을 저지른 것이다. 당시 그 아이들이 갈 곳이 없어 배고프면 찾아갔던 곳, 찾아가면 언제든지 반겨줬던 곳, 그곳의 이름이 십대들의 둥지였다.

이름 그대로 내가 운영한 청소년 경찰학교는 10대들이 부담 없이 찾을 수 있는 곳이 되면서 전국 경찰학교 중 우수사례로 채택되어 여러 기관에서 견학을 오기도 했고, 경찰청 본청에서 주관하는 컨설팅 장소로 활동하기도 했다. 적은 예산으로도 학교를 잘 운영한다는 평가를 받아 연말에 남은 예산을 추가로 받기도 했다. 덕분에 한동안 돈 걱정 없이 학교를 운영할 수 있었다.

9. 봉사로 물든 지역사회

SNS로 지켜낸 보물 같은 인연

　나는 도움이 필요한 아이들에게 도움을 주기 위해 무조건 발로 뛰었다. 도움이 된다면 어디든 찾아가 만나서 함께해줄 것을 부탁했다. 그렇게 8년 동안 각계각층의 다양한 사람을 알게 됐다. 예를 들어 타로카드로 아이들의 꿈과 미래를 설계하는 분들, 꽃으로 아이들을 마음을 달래며 치유하는 분들, 엄마처럼 아이들을 챙겨주는 분들, 함께 생활하며 친자식처럼 돌봐주는 분들, 벽화를 그리는 분들 등. 이 외에도 책에 모두 담아내지 못할 만큼 수많은 분이 내 마음에 은인으로 새겨져 있다. 또 필요한 시기에 알맞게 등장해주어 내게는 둘도 없는 큰 자산이다.

　단 한 명도 놓치고 싶지 않은 자산이 내가 다른 부서로 이동하면 흩어질 수도 있다는 생각에 고민이 생겼다. 나는 내가 없어도 누군가가 중심이 되어 도움이 필요한 아이들을 위해 커뮤니티를 이끌어 가면 좋겠다고 판단했다. 이에 나는 SNS 밴드를 개설했고 활성화하고자 노력했다.

가령 도움이 필요한 아이의 사연을 공유하고, 도움을 줄 수 있는 분을 찾아 연결해주는 방식이었다. 또 그에 그치지 않고 만남 이후 성과를 공유함으로써 더 많은 사람이 참여할 수 있도록 동기부여를 자극했다. 수많은 사례가 있지만 가장 처음 신청해 성공적인 결과를 만들어낸 스토리를 나눠본다.

엄마의 손길로 만든 아침밥

첫 신청자는 전교생이 300명 남짓한 소규모 초등학교에 근무하는 복지사였다. 주변 환경이 열악한 학교에는 복지사가 근무하는데, 해당 학교는 절반 이상이 결손 가정, 조손 가정, 한부모 가정 등 기초생활 수급 대상이었다. 그로 인해 아침을 먹지 못하고 학교에 오는 아이들이 많았고, 그렇게 등교한 아이들은 예민해서 사소한 일에도 폭력으로 번졌다. 또 수업에 집중하지 못하는 아이들은 다른 아이들의 학습을 방해하기도 했고, 제대로 보호받지 못해 제대로 못 씨는 아이들은 냄새가 난다며 또래에게 따돌림당하기 일쑤였다.

이 같은 상황에 복지사는 공모사업이 있을 때마다 참여했고, 마침 대기업에서 예산을 지원해주는 '아침머꼬' 사업에 채택됐다. 이는 보호자의 무관심으로 아침을 굶는 아이들에게 아침밥을 제공해 정서적 안정을 지원하는 사업이었다. 그런데 문제가 있었다. 공모를 통해 예산은 확보했지만, 매일 아침 일찍 나와 아이들의 아침을 준비해줄 사람이 없다는 것이었다. 이 이야기를 들은 나는 곧장 밴드에 복지사의 사정을 알렸다. 그것을 본 청소년 선도 민간단체를 운영하는 홍나연 회장에게서 연락이 왔다. 그는 경찰서에 행사가 있을 때마다 빠지지 않고 참여할 만큼 열정적인 인물이었다.

연락을 받고 홍 회장이 이 프로젝트에 제격이다 싶었다. 이유인 즉, 그가 운영하는 단체는 어머니들을 중심으로 구성되어 있었고, 그들이라면 엄마 같은 마음으로 아이들에게 아침을 챙겨줄 수 있으리라고 믿은 덕분이다. 주저할 이유 없이 홍 회장과 학교를 연결했고, 홍 회장은 업무 협약을 체결하며 지속적인 협력을 약속했다. 그 후로 회원들은 순번을 정해 김밥, 샌드위치, 우동 등 메뉴를 바꿔가며 매일 아침 식사를 제공하고 설거지 등 뒷정리를 도왔다. 또 우동과 파인애플이 함께 나온 날 "우동은

저녁에 먹어야 하는데. 아이참, 단무진 줄 알았는데 파인애플이
네. 우동에는 단무진데……."와 같은 투정 섞인 말을 들어도 즐
겁게 받아들였다. 그리고 고맙게도 홍 회장은 사업 예산이 모두
소진된 후에도 사비로 아침머꼬 사업을 이어가 오랫동안 많은
아이가 아침을 먹을 수 있도록 해줬다.

마음이 이끄는 봉사

아침머꼬 사업이 한창 진행되고 있을 때 겸사겸사 학교를 방
문해 복지사를 찾았다. 그런데 복지사가 "경위님, 정말 고맙습니
다. 아이들이 아침을 먹을 수 있어서 참 좋네요. 그런데 경위님,
염치없지만 한 가지 더 부탁드려도 될까요? 지난번에 이야기한
목욕 지원금을 받았거든요. 혹, 목욕 봉사해 주실 분을 연결해줄
수 있을까요?"라며 또 한 번 도움을 요청했다. 사실 보호자의 무
관심으로 관리가 되지 않는 아이들은 지저분하고 냄새나는 아이
로 소문나면서 왕따 또는 은따(은근한 따돌림)가 될 가능성이 컸다.
목욕 사업은 그런 아이들이 깨끗하게 씻을 수 있도록 지원하는
것이었다.

역시 나는 밴드에 사연을 올렸고, 이를 본 민간협회 김연심 회

장이 "경위님 제 주변에 봉사하겠다는 어머님 몇 분 있어요. 저희가 도와드릴게요."라며 연락을 해왔다. 이로써 여자아이들은 쉽게 해결됐지만, 남자아이들을 위한 남자 봉사자가 필요했다. 고민할 것 없이 내가 하기로 하고, SPO 팀원인 동명이와 민석이에게도 도움을 요청했다. 그렇게 우리는 매주 학교에서 선정한 아이들을 데리고 사우나로 향했다. 왕따의 원인이 되는 문제를 해결하기 위해 아이들에게 씻는 방법을 가르쳤다. 아이 중에는 폼 클렌징과 바디워시를 처음 보는 아이도 있었고, 샴푸로 세수를 하는 아이도 있었다. 심지어는 태어나서 목욕탕에 처음 오는 아이도 있었다. 아이들은 무척 좋아했고, 목욕탕에 가는 날만을 기다리는 아이도 있었다.

물론 모든 프로젝트를 실행으로 옮기는 일이 순조롭지만은 않다. "경찰이 이런 일까지 해야 하느냐?", "아침 먹고 배탈이라도 나면 누가 책임지느냐?", "아이들이 목욕탕에서 다치면 어떡하느냐?" 등과 같은 반대 의견에 부딪혔기 때문이다. 그러면 나는 그때마다

"시키는 일만 할 거라면 내일 당장이라도 치안 현장인 지구대로 가겠습니다. 이것저것 다 따지면 아무 일도 할 수 없습니다. 아이들에게 필요하고, 옳은 일이라면 그게 무엇이든 하겠습니다."

라고. 어렵게 시작한 목욕 봉사도 아이들이 소리 지르며 뛰어다니거나, 다른 손님에게 물을 튀겨 혼날 때도 있었다. 하지만 이 일을 멈출 수 없었다. 나뿐만 아니라 누구라도 마음의 상처로 아파하고 힘들어하는 아이들을 자주 만난다면 똑같이 행동했을 것이다.

10. 나눔의 방법을 모르는 사람들

할 일을 찾은 성형외과 원장

SPO 활동을 하다 보면 가진 재능을 기부하고 싶은데 그 방법을 모르는 사람이 생각보다 많다. 미영이 몸의 문신을 지워준 성형외과 원장도 그중 한 명이었다.

아이들은 충동적으로 몸에 문신을 새기는 경우가 있는데, 이내 후회하고 지우고 싶어 한다. 하지만 한 번에 지울 수 없거니와 약 40만 원 가량의 1회 시술비를 감당할 수 없어 형편이 어려운 아이에게는 큰 고민거리다. 또 무료 문신 제거 프로그램을 시행하고 있어도 대상자 선정 절차가 까다롭고, 지원 기관이 많지 않아 도움을 받지 못하는 경우도 많다. 실제로 이러한 고민을 한 청소년들이 상담해오기도 한다.

미영이도 그렇게 만난 아이였다. 어느 날 함께 근무하는 최 순경이 전화를 받았는데, 다른 직원을 거쳐도 해결이 되지 않았는지 그 전화가 나에게까지 왔다. "경위님이 전화 받아 보셔야 할 것 같아요. 경위님이라면 방법이 있을 것 같아요."라면서. 그렇게 나는 미영이와 통화했고 그 아이의 사연을 듣게 됐다. 미영이는 미술을 전공한 학생으로 현재 전공을 살려 취업을 준비 중이라고 했다. 그런데 그림을 그릴 때마다 보이는 문신 때문에 왕따를 당하고, 심리적으로 위축되어 진로 변경까지 고려하고 있다고 했다. 나는 이 역시 도와줄 사람이 있을 것이라 믿고 밴드에 미영이의 사정을 올렸다. 아니나 다를까 이내 성형외과 원무과장으로 근무했던 경험이 있는 강 과장이 연락했다. "예전에 함께 근무했던 원장님 몇 분이 이번에 새로 성형외과를 오픈했는데, 연락해둘 테니 찾아가 보세요."라면서. 나는 또 한달음에 아픈 아이의 보호자처럼 병원을 찾아갔다. 소개받은 원장은 생각보다 젊은 여성이었고 "강 과장님한테 이야기 들었어요, 아이 데리고 오세요."라고 했다. 또 호탕한 성격의 원장은 평소 지역 아이들을 위해 봉사하고 싶었는데 어떻게 해야 할지 몰랐는데, 강 과장의 연락을 받고 드디어 할 수 있는 일을 찾았다고 했단다.

그 뒤로 미영이는 지속해서 도움을 받게 됐고, 얼마 후 아이에게서 문자가 왔다.

미영 : 저 오늘 시술받고 왔어요! 그런데 물이 닿으면 안 된다고 해서 피

　　　딱지를 못 지웠어요.

나 : 시술은 한 번만 하면 되니? 아님 계속해야 하니?

미영 : 한 달에 한 번씩 해야 한다고 하시더라고요. 그래서 다음 달에도

　　　가기로 했어요.

나 : 잘됐네. 시술은 팔에만 하니, 세 군데 모두 하니?

미영 : 세 군데 다해주신다고 하셨어요.

나 : 대박!

미영 : 고맙습니다. 신경을 써주신 만큼 열심히 시술받을게요.

나 : 오케이! 예쁘게 잘 자라라.

참으로 뿌듯한 순간이었다. 아이가 도움을 받을 수 있는 것만
으로도 감사한 일인데, 방법을 몰라 나눔을 하지 못하고 있었던
분에게 안성맞춤인 일을 줬으니 말이다. 그 후에도 원장은 업무
협약을 통해, 지금까지 많은 아이의 문신 제거를 도와주고 있다.

지역 명소가 된 골칫거리 담벼락

수많은 학교의 야간은 아이들의 비행 장소로 변한다. 어른들
의 눈을 피할 수 있는 곳으로 어두운 학교 운동장 구석만 한 곳

이 없기 때문이다. 흡연, 음주, 고성방가, 오토바이 소리 등으로 인근 주민의 신고가 유독 끊이지 않는 학교를 방문했다. 예상대로 교장 선생님은 밤마다 우범지대로 바뀌는 학교 운동장과 주차장을 어떻게 하면 아이들이 안심할 수 있는 공간으로 바꿀 수 있을지에 대한 방법을 고민하고 있었다.

교장 선생님에게 들은 답답한 심경을 그대로 밴드에 적었다. 그랬더니 청소년 경찰학교를 리모델링 해준 김 국장에게서 연락이 왔다. 아닌 게 아니라 김국장의 늦둥이 외동아들이 그 학교에 다니고, 더군다나 학교 운영위원장까지 맡고 있었다. 김 국장은 "내가 페인트를 기부할 테니, 아이들과 학부모, 교사, 경찰관들이 함께 벽에 그림을 그립시다."라고 제안했고, 우리는 봉사활동을 통해 알게 된 경찰행정학과 대학생들에게 경찰 마스코트인 포돌이와 경찰차 등을 색칠하기 좋게 밑바탕을 그려달라고 부탁했다. 모두가 학교 폭력이 사라지기를 간절히 바라며, 한마음으로 학교 담장과 주차장에 벽화를 그렸다.

학교의 골칫거리였던 공간에 벽화를 그리면서 인근 주민과의 친화적인 장소로 변해 지역 명소가 됐다. 또 벽화를 구경하기 위해 몰려든 사람들로 자연스레 비행이 사라졌다. 실제로 112에 신고가 들어오는 수치도 눈에 띄게 줄었다.

배울 곳이 있으면 그곳이 학교

본디 가진 재능으로만 나눔을 하는 것은 아니었다. 세상 어디든 배울 것이 있다면 학교가 된다는 취지로 아이들을 데리고 바깥으로 나가기 시작했다. 함께 뛰고, 호흡하며 신뢰를 쌓기 위함이었다.

이 프로그램을 계획하게 된 것은 민간협회에서 '달려라 하니'로 통하는 선희 씨에 의해서였다. 그녀는 작은 체구와 허약한 체질을 개선하고자 달리기 시작했고, 달리면서 건강도 회복하고 가정의 화목도 찾았다고 말하고 다녔다. 그것이 발단이 되어 어느덧 마라톤 풀코스 100회 출전 기념 대회인 국제마라톤대회에 아이들과 함께 달리는 자리를 마련했다. 아이들에게는 달리면서도 그 속에서 분명히 배울 것이 있다는 믿음이 있어서였다. 이를 시작으로 함께 산을 오르는 산의 학교, 봉사하며 나누는 나눔의 학교, 눈 위에서 겨울 스포츠를 즐기는 눈 위의 학교 등이 총 10회에 걸쳐 진행됐다.

그중에는 복싱체육관에서 복싱을 체험하는 링 위의 학교도 있었다. 복싱은 오랫동안 나를 머물게도 했지만, 내 삶에 긍정적인 영향을 준 운동이다. 내가 권투를 좋아했던 가장 큰 이유는 바로 정직한 스포츠여서다. 링 위는 노력한 만큼 꼭 보상이 뒤따랐다. KO 한방이면 어떤 백도 통하지 않는 공정함이 있었다. 특히 땀을 흠뻑 흘리며 실컷 두들겨 맞다 보면, 스트레스도 풀리지만 나 자신을 뒤돌아보게 했다. 그런 매력에 빠져 나는 프로권투 선수 라이센스를 획득하는가 하면 'MBC 프로권투 신인왕전'에도 출전하는 성과도 누렸다. 이런 링 위의 세계에서도 아이들이 분명 배울 점이 있다고 확신했다.

아이 하나를 키우는 데는
마을 전체가 필요하다

선도란 가진 재능을 나누는 것

나는 SPO 활동을 통해 선도는 대단한 행위가 아님을 깨달았다. 그저 관심을 두고 각자의 재능을 나누는 것만으로도 충분했다. 이 사실을 알고 난 후, 아이들에게 더 빠른 도움을 줄 수 있는 멘토를 연결하기 위해 밴드를 만들었다. 하지만 밴드를 통해 많은 변화를 지켜봤지만, SNS 선도에는 한계가 있었다. 왜냐하면 중간에서 적극적으로 연결하는 고리가 없으면 지속되기 어려웠기 때문이다. 즉, 내가 없으면 사라질 활동이었다.

그리하여 '나를 대신해 누군가 맡아준다면 해결될 것이다.', '오프라인으로 활성화하면 꾸준히 이어갈 수 있지 않을까?' 등 꼬리에 꼬리를 무는 고민 끝에 일을 저질렀다. 청소년 선도단체를 만들기로 한 것이다. 그만큼 현장에서 아이들을 위한 손길이 필요함을 피부로 느낀 탓이다.

나는 단체의 이름을 도움이 필요한 아이들과 도움을 줄 수 있는 작은 재능을 서로 연결하는 연결고리라는 의미로 '징검다리'로 정하고, 하나둘 실천에 옮겼다. 필요한 것은 단체를 이끌어 줄 대표와 사무실, 함께할 회원과 사용할 예산이었다. 이러한 내용을 바탕으로 밴드에 오프라인 청소년 선도단체를 만든다고 홍보했다. 관심을 보이는 사람들을 모아 몇 차례 설명회도 가졌다. 처음에는 반응이 차가웠다. 일부는 설명회 도중 자리를 뜨기도 했다. 대표는커녕 함께 활동할 사람이 모이질 않았다. 4개월간의 노력 끝에 10명이 모였다. 그중 유달리 애정을 보이는 한 명이 있었는데, 캠페인을 통해 몇 차례 만난 지금의 김연심 회장이다. 이에 따로 만나 단체의 취지와 목적을 설명했더니, 대표를 해보겠다는 의사를 밝혔다. 그런데 대표를 하겠다고 나선 한 명이 더 있었다. 바로 경찰학교를 만든 김 국장이었다. 지금까지 그가 보여준 열정이라면 믿고 맡길 수 있을 듯해서 모인 회원 10여 명을 대상으로 투표를 진행했고, 그 결과 김 회장이 당선됐다. 이 역시 관심을 두고 본인의 재능을 나누겠다는 뜻이 있었기에 가능했다. 한 번 더 강조하지만, 이처럼 선도에는 특별한 능력이 요구되지 않는다.

청소년 선도단체 '징검다리'의 탄생

다음으로 사무실을 구해야 했는데, 돈 한 푼 없이 구하려니 난감했다. 밴드에 사연을 올리자 몇몇 지인들이 건물을 소개해주셨다. 하지만 공짜다 보니 건물은 무척 낡았고, 위치는 접근성이 떨어졌다. 그러던 중 흥사단 최 국장에게서 연락이 왔다. "경위님, 늘 좋은 일 하시는데, 내가 뭐 좀 도와줘야 안 되겠습니꺼. 지인 중에 독실한 불교 신자가 있는데, 다니는 절에 건물 3~4층을 기부했는데, 절에서 3층만 사용하고, 4층을 어떻게 할지 고민 중이라고 하던데, 한 번 가보이소."라고 말이다.

나는 곧장 설득에 필요한 설명서를 꼼꼼히 준비해 소개받은 절의 주지 스님을 만나러 갔다. 입구에서 사찰 사무장을 만나 1차 설명을 했더니, 좋은 취지라고 동조했다. 하지만 최종 결정자인 주지 스님의 승낙은 장담할 수 없어, 함께 주지 스님을 설득할 방법을 연구했다. 나는 주지 스님을 만나자마자 냅다 큰절하고는 "스님, 아이들 위해 좋은 일 한번 하려는데 도와주십쇼."라고 했다. 그런데 이게 웬일인가? 절에서도 청소년 선도를 위해 사용해줄 사람을 구하려고 6개월을 찾아다니고 있었다고 했다. 그렇게 징검다리의 사무실을 구할 수 있었다.

사용 시설과 예산은 전액 기부로 이루어지도록 김 회장과 협의했고, 내실 있는 청소년 선도단체의 출발을 위해 몇 차례 회의에 거쳐 발대식도 가졌다. 그렇게 큰일을 낸 뒤, 협회는 김 회장의 활발한 활동과 추진력으로 무료 문신 제거, 목욕 봉사 리프레시, 학습 동아리 아모르 등 3개로 나누어 오랫동안 아이들에게 도움을 주고 있다.

8년의 SPO 항해의 마침표

이 과정을 통해 그게 무엇이든 혼자의 힘으로는 할 수 없음을 새삼 깨달았고, 특히 '아이 하나를 키우는 데는 마을 전체가 필요하다.'라는 아프리카 속담처럼 아이들과 관련한 일은 많은 이의 관심과 손길이 필요함을 알게 됐다.

나는 이듬해 기동대로 인사 발령이 나서 자리를 옮겼고, 내 빈자리는 김 회장이 대신해주었다. 하고 싶었던 한 가지를 하지 못해 내내 아쉬웠지만, 늦게나마 그 꿈을 이룬다.

그 일은 바로, 내가 SPO 활동을 하며 경험한 이야기를 책으로 만드는 것이었다. 책을 통해 좀 더 많은 사람이 청소년 선도에 관심을 두고, 도움을 이끌어내고 싶었다. 결국 나는 펜을 들었고, 8년이라는 SPO 항해에 마침표를 찍게 됐다.

각자의 길을 찾은 아이들

처벌이 아닌 특별교육으로 선도했던 '학교 짱'

"형사님 자주 연락드리지 못해 죄송합니다.
그런데 저 대학 합격했어요. 형사님 덕분에 정신 차리고
고등학교도 좋은 데 가고, 대학도 가보고 정말 감사드립니다."

학교 폭력 가해자로 특별교육 받았던 학생

"선생님 안녕하세요. 저 혹시 기억하시나요? 지금 OO동 미용실에
서 일하고 있는데, 졸업하자마자 시작해서 벌써 손님 받고 있어요.
다음에 머리 자르러 한 번 오세요."

한밤중에 지구대를 찾았던 아이

"저의 부족한 부분 챙겨주시고, 여러모로 도움 주셔서 좋은 결과가
있었습니다. 지금도 고졸 검정고시 준비 중인데 더 기쁜 소식 안겨
드리도록 열심히 하겠습니다. 정말 고맙습니다."

학교에서 문제아로 낙인찍혔던 아이

"선생님 졸업식 날 오십니까? 잊은 건 아니죠? 선생님 만난 이후 학교생활 열심히 해서 탈 없이 졸업할 수 있게 됐어요. 졸업식에 꼭 와서 축하해주세요."

학교 일진으로 말썽부리던 OO

"경관님 잘 지내십니까? 저 OO이에요. 처음 뵌 게 엊그제 같은데, 벌써 성인이 다 되어가네요. 언제 한 번 인사드려야 하는데. 못된 애들 있으면 연락하십쇼. 제가 혼낼게요ㅋㅋㅋ"

학교 폭력 가해 학생으로 상담받던 OO

"안녕하세요! 저 경찰 되려고 공부 열심히 하고 있습니다. 꼭 경찰 돼서 선생님과 같이 근무하고 싶습니다!"

이 외에도 스쿨 폴리스로 8년 동안 함께한 대부분의 아이가 성인이 됐다. 다른 부서로 발령받아 학교와는 멀어졌지만, 아이들이 성장하는 모습을 매일 SNS로 지켜보고 있다. 한때 넘어지거나 쓰러지면서 어려움을 겪던 아이들. 그 아이들이 건강한 사회인으로 성장하는 모습을 지켜보는 것만으로도 나에겐 큰 보람이다.

안도현의 시 「연어」에 나오듯 살아가면서 가장 의미 있는 일은 별을 더욱 빛나게 해주는 까만 하늘처럼, 꽃을 더욱 돋보이게 하는 무딘 땅처럼, 함께하기에 더욱 아름다운 연어 떼처럼, 다른 사람의 배경이 되어 그 사람을 더욱 빛나게 해주는 역할을 감당하는 것이 아닐까.

사진으로 보는 스쿨 폴리스

4대 악(惡) 중 하나인
학교폭력을 근절하라!

(사)징검다리 중앙회 발대식 및 회장 취임식
2017. 03. 09 (목) 징검다리 사무실(태화관광건물 4층)